AF219121

Münchhausen

FSC
www.fsc.org

MIX

Papier aus ver-
antwortungsvollen
Quellen
Paper from
responsible sources

FSC® C105338

GOTTFRIED AUGUST BÜRGER

Münchhausens

wunderbare Reisen
zu Wasser und zu Lande

AURABOOKS

– Bibliografische Information der Deutschen Nationalbibliothek –
Die Deutsche Nationalbibliothek verzeichnet diese Publikation in
der Deutschen Nationalbibliografie; detaillierte bibliografische Daten
sind im Internet über http://dnb.d-nb.de abrufbar.

Impressum

ISBN: 978-3753461021
GOTTFRIED AUGUST BÜRGER: MÜNCHHAUSEN
WUNDERBARE REISEN ZU WASSER UND ZU LANDE
FELDZÜGE UND LUSTIGE ABENTEUER DES FREIHERRN VON MÜNCHHAUSEN,
WIE ER DIESELBEN BEI DER FLASCHE IM ZIRKEL SEINER FREUNDE
SELBST ZU ERZÄHLEN PFLEGT.
– Erstmals erschienen 1786 –
Originalausgabe 2020/2012 (Print & eBook) by © AuraBooks®
Mit Illustrationen von Martin Disteli (1802–1844) und Oskar Herrfurth (1862–1934)
Lektorat und Umschlaggestaltung: textkompetenz.net
Herausgeber: © AuraBooks | eclassica@aurabooks.de
Gesetzt aus der Garamond
Herstellung und Verlag: BoD – Books on Demand, Norderstedt
Dieses Buch gibt es auch als eBook,
z. B. im amazon Kindle Bookstore

Inhalt und Design dieses Buches sind urheberrechtlich geschützt. Alle Rechte vorbe-
halten, insbesondere das Recht der mechanischen, elektronischen oder fotografi-
schen Vervielfältigung, der Einspeicherung und Verarbeitung in elektronischen
Systemen, des Nachdrucks in Zeitungen, Zeitschriften und Büchern, des
öffentlichen Vortrags, der Verfilmung und Dramatisierung, der Übertragung durch
Rundfunk, Fernsehen oder Video, sowie der Übersetzung in andere Sprachen. Eine
unlizenzierte Veröffentlichung der Inhalte dieses Buches wird juristisch verfolgt.

Inhalt

❖ ❖ ❖

MÜNCHHAUSEN gehört zu den bekanntesten literarischen Figuren aller Zeiten, und geht zurück auf einen anonymen Text, der 1781 in einem Sammelband erschien. Es ist nicht auszuschließen, dass dieser Text vom echten Baron Münchhausen, den es tatsächlich gab, stammt. Gottfried August Bürger adaptierte fünf Jahre später den Stoff für das vorliegende Buch, das die tolldreisten Phantasiegeschichten des Barons schildert und zu einem Bestseller wurde. Bemerkenswert ist die geschliffene fein-ironische Sprache Münchhausens (oder Bürgers), die sich oft selbst genauso auf die Schippe nimmt, wie den Leser. – Ein bis heute unvergleichliches Stück Literatur, das riesig Spaß macht, zu lesen.

❖ ❖ ❖

Erstes Kapitel
Reise nach Russland und St. Petersburg

Wie der Freiherr von Münchhausen sein Pferd verlor und wieder dazu kam;
ferner wie er mit einem Wolfe in Petersburg angefahren kommt.

ICH TRAT MEINE REISE nach Russland von Haus ab mitten im Winter an, weil ich ganz richtig schloss, dass Frost und Schnee die Wege durch die nördlichen Gegenden von Deutschland, Polen, Kur- und Livland, welche nach der Beschreibung aller Reisenden fast noch elender sind als die Wege nach dem Tempel der Tugend, endlich, ohne besondere Kosten hochpreislicher, wohlfürsorgender Landesregierungen, ausbessern müsste. Ich reiste zu Pferde, welches, wenn es sonst nur gut um Gaul und Reiter steht, die bequemste Art zu reisen ist. Denn man riskiert alsdann weder mit irgendeinem höflichen deutschen Postmeister eine Affaire d'honneur zu bekommen, noch von seinem durstigen Postillion vor jede Schenke geschleppt zu werden. Ich war nur leicht bekleidet, welches ich ziemlich übel empfand, je weiter ich gegen Nordost hin kam

Nun kann man sich einbilden, wie bei so strengem Wetter, unter dem raschesten Himmelsstriche, einem armen, alten Manne zumute sein musste, der in Polen auf einem öden Anger, über den der Nordost hin schnitt, hilflos und schaudernd dalag und kaum hatte, womit er seine Schamblöße bedecken konnte.

Der arme Teufel dauerte mir von ganzer Seele. Ob mir gleich selbst das Herz im Leibe fror, so warf ich dennoch meinen Reisemantel über ihn her. Plötzlich erscholl eine Stimme vom Himmel, die dieses Liebeswerk ganz ausnehmend herausstrich und mir zurief: »Hol' mich der Teufel, mein Sohn, das soll dir nicht unvergolten bleiben!«

Ich ließ das gut sein und ritt weiter, bis Nacht und Dunkelheit mich überfielen. Nirgends war ein Dorf zu hören noch zu sehen. Das ganze Land lag unter Schnee; und ich wusste weder Weg noch Steg.

Des Reitens müde, stieg ich endlich ab und band mein Pferd an eine Art von spitzem Baumstaken, der über dem Schnee hervorragte. Zur Sicherheit nahm ich meine Pistolen unter den Arm, legte mich nicht weit davon in den Schnee nieder und tat ein so gesundes Schläfchen, dass mir die Augen nicht eher wieder aufgingen, als bis es heller lichter Tag war. Wie groß war aber mein Erstaunen, als ich fand, dass ich mitten in einem Dorf auf dem Kirchhofe lag! Mein Pferd war anfänglich nirgends zu sehen; doch hörte ich's bald darauf irgendwo über mir wiehern. Als ich nun emporsah, so wurde ich gewahr, dass es an den Wetterhahn des Kirchturms gebunden war und von da herunterhing. Nun wusste ich sogleich, wie ich dran war. Das Dorf war nämlich die Nacht über ganz zugeschneit gewesen; das Wetter hatte sich auf einmal umgesetzt, ich war im Schlafe nach und nach, so wie der Schnee zusammengeschmolzen war, ganz sanft herabgesunken, und was ich in der Dunkelheit für den Stummel eines Bäumchens, der über dem Schnee hervorragte, gehalten und daran mein Pferd gebunden hatte, das war das Kreuz oder der Wetterhahn des Kirchturmes gewesen.

Ohne mich nun lange zu bedenken, nahm ich eine von meinen Pistolen, schoss nach dem Halfter, kam glücklich auf die Art wieder an mein Pferd und verfolgte meine Reise.

Hierauf ging alles gut, bis ich nach Russland kam, wo es eben nicht Mode ist, des Winters zu Pferde zu reisen. Wie es nun immer meine Maxime ist, mich nach dem Bekannten »ländlich sittlich« zu richten, so nahm ich dort einen kleinen Rennschlitten auf ein einzelnes Pferd und fuhr wohlgemut auf St. Petersburg los. Nun weiß ich nicht mehr recht, ob es in Estland oder in Ingermanland war, so viel aber besinne ich mich noch wohl, es war mitten in einem fürchterlichen Walde, als ich einen entsetzlichen Wolf mit aller Schnelligkeit des gefräßigsten Winterhungers hinter mir ansetzen sah. Er holte mich bald ein; und es war schlechterdings unmöglich, ihm zu entkommen. Mechanisch legte ich mich platt in den Schlitten nieder und ließ mein Pferd zu unserm beiderseitigen Besten ganz allein agieren.

Was ich zwar vermutete, aber kaum zu hoffen und zu erwarten wagte, das geschah gleich nachher. Der Wolf bekümmerte sich nicht im mindesten um meine Wenigkeit, sondern sprang über mich hinweg, fiel wütend auf das Pferd, riss ab und verschlang auf einmal den ganzen Hinterteil des armen Tieres, welches vor Schrecken und Schmerz nur desto schneller lief. Wie ich nun auf die Art selbst so unbemerkt und gut davongekommen war, so erhob ich ganz verstohlen mein Gesicht und nahm mit Entsetzen wahr, dass der Wolf sich beinahe über und über in das Pferd hineingefressen hatte. Kaum aber hatte er sich so hübsch hineingezwängt, so nahm ich mein Tempo wahr und fiel ihm tüchtig mit meiner Peitschenschnur auf das Fell. Solch ein unerwarteter Überfall in diesem Futteral verursachte ihm keinen geringen Schreck; er strebte mit aller Macht vorwärts, der Leichnam des Pferdes fiel zu Boden, und siehe, an seiner Statt steckte mein Wolf in dem Geschirre. Ich meines Orts hörte nun noch weniger auf zu peitschen, und wir langten in vollem Galopp gesund und wohlbehalten in St. Petersburg an, ganz gegen unsere beiderseitigen respektiven Erwartungen und zu nicht geringem Erstaunen aller Zuschauer.

Ich will Ihnen, meine Herren, mit Geschwätz von der Verfassung, den Künsten, Wissenschaften und andern Merkwürdigkeiten dieser prächtigen Hauptstadt Russlands keine Langeweile machen, viel weniger Sie mit allen Intrigen und lustigen Abenteuern der Gesellschaften vom Bonton, wo die Frau vom Hause den Gast allezeit mit einem Schnaps und Schmatz empfängt, unterhalten. Ich halte mich vielmehr an größere und edlere Gegenstände Ihrer Aufmerksamkeit, nämlich an Pferde und Hunde, wovon ich immer ein großer Freund gewesen bin; ferner an Füchse, Wölfe und Bären, von welchen, so wie von anderem Wildbret, Russland einen größeren Überfluss als irgendein Land auf Erden hat; endlich an solche Lustpartien, Ritterübungen und preisliche Taten, welche den Edelmann besser kleiden als ein bisschen muffiges Griechisch und Latein oder alle Riechsächelchen, Klunkern und Kapriolen französischer Schöngeister und – Haarkräuseler.

Da es einige Zeit dauerte, ehe ich bei der Armee angestellt werden konnte, so hatte ich ein paar Monate lang vollkommene Muße und Freiheit, meine Zeit sowohl als auch mein Geld auf die adeligste Art von der Welt zu verjunkerieren. Manche Nacht wurde beim Spiele zugebracht und viele bei dem Klange voller Gläser. Die Kälte des Landes und die Sitten der Nation haben der Bouteille unter den gesellschaftlichen Unterhaltungen in Russland einen viel höheren Rang angewiesen als in unserm nüchternen Deutschlande; und ich habe daher dort häufig Leute gefunden, die in der edlen Kunst zu trinken für wahre Virtuosen gelten konnten. Alle waren aber elende Stümper gegen einen graubartigen, kupferfarbigen General, der mit uns an dem öffentlichen Tische speiste.

Wie der Freiherr, als er an seiner Flinte den Feuerstein vermisst, durch einen Zufall entdeckt, auf eine höchst merkwürdige Weise Feuer zu schlagen; ferner wie er sieben Rebhühner ohne Schrot herunterschießt.

Der alte Herr, der seit einem Gefechte mit den Türken die obere Hälfte seines Hirnschädels vermisste und daher, sooft ein Fremder in die Gesellschaft kam, sich mit der artigsten Treuherzigkeit entschuldigte, dass er an der Tafel seinen Hut aufbehalten müsse, pflegte immer während dem Essen einige Flaschen Weinbranntwein zu leeren und dann gewöhnlich mit einer Bouteille Arrak den Beschluss oder nach Umständen einige Male da capo zu machen; und doch konnte man nicht ein einziges Mal auch nur so viel Betrunkenheit an ihm merken. – Die Sache übersteigt Ihren Glauben. Ich verzeihe es Ihnen, meine Herren; sie überstieg auch meinen Begriff. Ich wusste lange nicht, wie ich sie mir erklären sollte, bis ich ganz von ungefähr den Schlüssel fand. – Der General pflegte von Zeit zu Zeit seinen Hut etwas aufzuheben. Dies hatte ich oft gesehen, ohne daraus nur Arg zu haben. Dass es ihm warm vor der Stirne wurde, war natürlich, und dass er dann seinen Kopf lüftete, nicht minder. Endlich aber sah ich, dass er zugleich mit seinem Hute eine an demselben befestigte silberne Platte aufhob, die ihm statt des Hirnschädels diente, und dass alsdann immer aller Dunst der geistigen Getränke, die er zu sich genommen hatte, in einer leichten Wolke in die Höhe stieg.

Nun war auf einmal das Rätsel gelöst. Ich sagte es ein paar guten Freunden und erbot mich, da es gerade Abend war, als ich die Bemerkung machte, die Richtigkeit derselben sogleich durch einen Versuch zu beweisen. Ich trat nämlich mit meiner Pfeife hinter den General und zündete, gerade als er den Hut niedersetzte, mit etwas Papier die aufsteigenden Dünste an; und nun sahen wir ein ebenso neues als schönes Schauspiel. Ich hatte in einem Augenblicke die Wolkensäule über dem Haupte unsers Helden in eine Feuersäule verwandelt, und derjenige Teil der Dünste, der sich noch zwischen den Haaren des Hutes verweilte, bildete in dem schönsten blauen Feuer einen Nimbus, prächtiger, als irgendeiner den Kopf des größten Heiligen umleuchtet hat. Mein Experiment konnte dem General nicht verborgen bleiben; er war aber so wenig ungehalten darüber, dass er uns vielmehr noch manchmal erlaubte, einen Versuch zu wiederholen, der ihm ein so erhabenes Ansehen gab.

ZWEITES KAPITEL
Jagdgeschichten

ICH ÜBERGEHE MANCHE LUSTIGE AUFTRITTE, die wir bei dergleichen Gelegenheiten hatten, weil ich Ihnen noch verschiedene Jagdgeschichten zu erzählen gedenke, die mir merkwürdiger und unterhaltender scheinen. Sie können sich leicht vorstellen, meine Herren, dass ich mich immer vorzüglich zu solchen wackern Kumpanen hielt, welche ein offenes, unbeschränktes Waldrevier gehörig zu schätzen wussten. Sowohl die Abwechslung des Zeitvertreibes, welchen dieses mir darbot, als auch das außerordentliche Glück, womit mir jeder Streich gelang, gereichen mir noch immer zur angenehmsten Erinnerung.

Eines Morgens sah ich durch das Fenster meines Schlafgemachs, dass ein großer Teich, der nicht weit davon lag, mit wilden Enten gleichsam überdeckt war. Flugs nahm ich mein Gewehr aus dem Winkel, sprang zur Treppe hinab, und das so über Hals und Kopf, dass ich unvorsichtigerweise mit dem Gesichte gegen den Türpfosten rannte. Feuer und Funken stoben mir aus den Augen; aber das hielt mich keinen Augenblick zurück. Ich kam bald zum Schuss; allein wie ich anlegte, wurde ich zu meinem großen Verdrusse gewahr, dass durch den soeben empfangenen heftigen Stoß sogar der Stein von dem Flintenhahne abgesprungen war. Was sollte ich nun tun? Denn Zeit war hier nicht zu verlieren.

Glücklicherweise fiel mir ein, was sich soeben mit meinen Augen zugetragen hatte. Ich riss also die Pfanne auf, legte mein Gewehr gegen das wilde Geflügel an und ballte die Faust gegen eins von meinen Augen. Von einem derben Schlage flogen wieder Funken genug heraus, der Schuss ging los, und ich traf fünf Paar Enten, vier Rothälse und ein Paar Wasserhühner. Gegenwart des Geistes ist die Seele mannhafter Taten. Wenn Soldaten und Seeleute öfters dadurch glücklich davonkommen, so dankt der Weidmann ihr nicht seltener sein gutes Glück.

Der Freiherr bringt zwölf wilde Enten lebendig an eine Schnur und macht mit denselben eine Luftschifffahrt nach Hause.

So schwammen einst auf einem Landsee, an welchen ich auf einer Jagdstreiferei geriet, einige Dutzend wilder Enten allzu weit voneinander zerstreut umher, als dass ich mehr denn eine einzige auf einen Schuss zu erlegen hoffen konnte; und zum Unglück hatte ich meinen letzten Schuss schon in der Flinte. Gleichwohl hätte ich sie gern alle gehabt, weil ich nächstens eine ganze Menge guter Freunde und Bekannten bei mir zu bewirten willens war. Da besann ich mich

auf ein Stückchen Schinkenspeck, welches von meinem mitgenommenen Mundvorrat in meiner Jagdtasche noch übrig geblieben war. Dies
befestigte ich an eine ziemlich lange Hundeleine, die ich aufdrehte und
so wenigstens noch um viermal verlängerte. Nun verbarg ich ich mich
im Schilfgesträuch am Ufer, warf meinen Speckbrocken aus und hatte
das Vergnügen, zu sehen, wie die nächste Ente hurtig herbei schwamm

Münchhausen   O. Herrfurth pinx

und ihn verschlang. Der ersten folgten bald alle übrigen nach, und da der glatte Brocken am Faden gar bald unverdaut hinten wieder herauskam, so verschlang ihn die nächste, und so immer weiter. Kurz, der Brocken machte die Reise durch alle Enten samt und sonders hindurch, ohne von seinem Faden loszureißen. So saßen sie denn alle daran wie Perlen an der Schnur. Ich zog sie gar allerliebst ans Land, schlang mir die Schnur ein halbes Dutzend mal um Schultern und Leib und ging meines Weges nach Hause zu. Da ich noch eine ziemliche Strecke davon entfernt war und mir die Last von einer solchen Menge Enten ziemlich beschwerlich fiel, so wollte es mir fast leid tun, ihrer allzu viele eingefangen zu haben. Da kam mir aber ein seltsamer Vorfall zustatten, der mich anfangs in nicht geringe Verlegenheit setzte.

Die Enten waren nämlich noch alle lebendig, fingen, als sie von der ersten Bestürzung sich erholt hatten, gar mächtig an mit den Flügeln zu schlagen und sich mit mir hoch in die Luft zu erheben. Nun wäre bei manchem wohl guter Rat teuer gewesen. Allein ich benutzte diesen Umstand, so gut ich konnte, zu meinem Vorteil und ruderte mich mit meinen Rockschößen nach der Gegend meiner Behausung durch die Luft. Als ich nun gerade über meiner Wohnung angelangt war und es darauf ankam, ohne Schaden mich herunterzulassen, so drückte ich einer Ente nach der andern den Kopf ein, sank dadurch ganz sanft und allmählich gerade durch den Schornstein meines Hauses mitten auf den Küchenherd, auf welchem zum Glück noch kein Feuer angezündet war, zu nicht geringem Schreck und Erstaunen meines Koches.

Einen ähnlichen Vorfall hatte ich einmal mit einer Kette Hühner. Ich war ausgegangen, um eine neue Flinte zu probieren, und hatte meinen kleinen Vorrat von Hagel ganz und gar verschossen, als wider alles Vermuten vor meinen Füßen eine Flucht Hühner aufging. Der Wunsch, einige derselben abends auf meinem Tische zu sehen, brachte mich auf einen Einfall, von dem Sie, meine Herren, auf mein Wort, im Falle der Not Gebrauch machen können. Sobald ich gesehen hatte, wo sich die Hühner niederließen, lud ich hurtig mein Gewehr und setzte statt des Schrotes den Ladstock auf, den ich, so gut sich's in der Eile tun ließ, an dem obern Ende etwas zuspitzte. Nun ging ich auf die

Hühner zu, drückte, sowie sie aufflogen, ab und hatte das Vergnügen, zu sehen, dass mein Ladstock mit sieben Stücken, die sich wohl wundern mochten, so früh am Spieße vereinigt zu werden, in einiger Entfernung allmählich heruntersank. – Wie gesagt, man muss sich nur in der Welt zu helfen wissen.

Wie der Freiherr einen schwarzen Fuchs schießt, ohne denselben zu töten,
und wie er ohne mindeste Verletzung seinen wunderschönen Pelz bekommt.

Ein anderes Mal stieß mir in einem ansehnlichen Walde von Russland ein wunderschöner schwarzer Fuchs auf. Es wäre jammerschade gewesen, seinen kostbaren Pelz mit einem Kugel- oder Schrotschusse zu durchlöchern. Herr Reineke stand dicht bei einem Baume. Augenblicklich zog ich meine Kugel aus dem Laufe, lud dafür einen tüchtigen Brettnagel in mein Gewehr, feuerte und traf so künstlich, dass ich seine Lunte fest an den Baum nagelte. Nun ging ich ruhig zu ihm hin, nahm mein Weidmesser, gab ihm einen Kreuzschnitt übers Gesicht, griff nach meiner Peitsche und karbatschte ihn so artig aus seinem schönen Pelze heraus, dass es eine wahre Lust und ein rechtes Wunder zu sehen war.

*Wie der Freiherr ein lebendiges Wildschwein
ganz gemächlich nach Hause führt.*

Zufall und gutes Glück machen oft manchen Fehler wieder gut. Davon erlebte ich bald nach diesem ein Beispiel, als ich mitten im tiefsten Walde einen wilden Frischling und eine Bache dicht hintereinander her traben sah. Meine Kugel hatte gefehlt. Gleichwohl lief der Frischling vorn ganz allein weg, und die Bache blieb stehen, ohne Bewegung, als ob sie an den Boden festgenagelt gewesen wäre. Wie ich das Ding näher untersuchte, so fand ich, dass es eine blinde Bache war, die ihres Frischlings Schwänzlein im Rachen hielt, um von ihm aus kindlicher Pflicht fürbass geleitet zu werden. Da nun meine Kugel zwischen beiden hindurchgefahren war, so hatte sie diesen Leitzaum zerrissen, wovon die alte Bache das eine Ende noch immer kaute. Da nun ihr Leiter sie nicht weiter vorwärts gezogen hatte, so war sie stehengeblieben. Ich ergriff daher das übrig gebliebene Endchen von des Frischlings Schwanze und leitete daran das alte hilflose Tier ganz ohne Mühe und Widerstand nach Hause.

So fürchterlich diese wilden Bachen oft sind, so sind die Keiler doch weit grausamer und gefährlicher. Ich traf einst einen im Walde an, als ich unglücklicherweise weder auf Angriff noch Verteidigung gefasst war. Mit genauer Not konnte ich noch hinter einen Baum schlüpfen, als die wütende Bestie aus Leibeskräften einen Seitenhieb nach mir tat. Dafür fuhren aber auch seine Hauer dergestalt in den Baum hinein, dass er weder imstande war, sie sogleich wieder herauszuziehen, noch den Hieb zu wiederholen. – »Haha!« dachte ich, »nun wollen wir dich bald kriegen!« – Flugs nahm ich einen Stein, hammerte noch vollends damit drauflos und nietete seine Hauer dergestalt um, dass er ganz und gar nicht wieder loskommen konnte. So musste er sich denn nun gedulden, bis ich vom nächsten Dorfe Karren und Stricke herbeigeholt hatte, um ihn lebendig und wohlbehalten nach Hause zu schaffen, welches auch ganz vortrefflich vonstatten ging.

Sie haben unstreitig, meine Herren, von dem Heiligen und Schutzpatron der Weidmänner und Schützen, St. Hubert, nicht minder auch von dem stattlichen Hirsche gehört, der ihm einst im Walde aufstieß und welcher das heilige Kreuz zwischen seinem Geweihe trug. Diesem Sankt habe ich noch alle Jahre mein Opfer in guter Gesellschaft dargebracht und den Hirsch wohl tausendmal sowohl in Kirchen abgemalt als auch in die Sterne seiner Ritter gestickt gesehen, so dass ich auf Ehre und Gewissen eines braven Weidmanns kaum zu sagen weiß, ob es entweder nicht vorzeiten solche Kreuzhirsche gegeben habe oder wohl gar noch heutigentages gebe.

Wunderbare Begebenheiten mit einem Hirsche

Doch lassen Sie sich vielmehr erzählen, was ich mit meinen eigenen Augen sah. Einst, als ich alle mein Blei verschossen hatte, stieß mir ganz wider mein Vermuten der stattlichste Hirsch von der Welt auf. Er blickte mir so mir nichts dir nichts ins Auge, als ob er's auswendig gewusst hätte, dass mein Beutel leer war. Augenblicklich lud ich indessen meine Flinte mit Pulver und darüber hinaus eine ganze Handvoll Kirschsteine, wovon ich, so hurtig sich das tun ließ, das Fleisch abgezogen hatte. Und so gab ich ihm die volle Ladung mitten auf seine Stirn zwischen das Geweihe. Der Schuss betäubte ihn zwar – er taumelte –, machte sich aber doch aus dem Staube. Ein oder zwei Jahre darnach war ich in ebendemselben Walde auf der Jagd; und siehe, zum Vorschein kam ein stattlicher Hirsch, mit einem vollausgewachsenen Kirschbaume, mehr denn zehn Fuß hoch, zwischen seinem Geweihe.

Mir fiel gleich mein voriges Abenteuer wieder ein; ich betrachtete den Hirsch als mein längst wohlerworbenes Eigentum und legte ihn mit einem Schusse zu Boden, wodurch ich denn auf einmal an Braten und Kirschtunke zugleich geriet. Denn der Baum hing reichlich voll Früchte, die ich in meinem ganzen Leben so delikat nicht gegessen hatte. Wer kann nun wohl sagen, ob nicht irgendein passionierter heiliger Weidmann, ein jagdlustiger Abt oder Bischof, das Kreuz auf eine ähnliche Art durch einen Schuss auf St. Huberts Hirsch zwischen das Gehörne gepflanzt habe? Denn diese Herren waren ja von je und je wegen ihres Kreuz- und Hörnerpflanzens berühmt und sind es zum Teil noch bis auf den heutigen Tag. Im Falle der Not, und wenn es Aut oder Naut gilt, welches einem braven Weidmanne nicht selten begegnet, greift er lieber wer weiß wozu und versucht eher alles, als dass er sich die günstige Gelegenheit entwischen lässt. Ich habe mich manches liebes Mal selbst in einer solchen Lage der Versuchung befunden.

Was sagen Sie zum Exempel von folgendem Kasus? Mir waren einmal Tageslicht und Pulver in einem polnischen Walde ausgegangen. Als ich nach Hause ging, fuhr mir ein ganz entsetzlicher Bär mit offenem Rachen, bereit mich zu verschlingen, auf den Leib. Umsonst durchsuchte ich in der Hast alle meine Taschen nach Pulver und Blei. Nichts fand ich als zwei Flintensteine, die man auf einen Notfall wohl mitzunehmen pflegt. Davon warf ich einen aus aller Macht in den offenen Rachen des Ungeheuers, ganz seinen Schlund hinab. Wie ihm das nun nicht allzu wohl deuchten mochte, so machte mein Bär linksum, so dass ich den andern nach der Hinterpforte schleudern konnte. Wunderbar und herrlich ging alles vonstatten. Der Stein fuhr nicht nur hinein, sondern auch mit dem andern Steine dergestalt zusammen, dass es Feuer gab und den Bär mit einem gewaltigen Knalle auseinander sprengte.

Wie der Freiherr durch einen sinnreichen Gebrauch von Wasser und Kälte einem Bären entkommt und denselben erlegt; ferner wie er mit einem hungrigen Wolf zu verkehren weiß.

Man sagt, dass so ein wohlapplizierter Stein a posteriori, besonders wenn er mit einem a priori recht zusammenfuhr, schon manchen bärbeißigen Gelehrten und Philosophen in die Luft sprengte. – Ob ich nun gleich diesmal mit heiler Haut davonkam, so möchte ich das Stückchen doch eben nicht noch einmal machen oder mit einem Bär ohne andre Verteidigungsmittel anbinden.

Es war aber gewissermaßen recht mein Schicksal, dass die wildesten und gefährlichsten Bestien mich gerade alsdann angriffen, wenn ich außerstande war, ihnen die Spitze zu bieten, gleichsam als ob ihnen der Instinkt meine Wehrlosigkeit verraten hätte. So hatte ich einst gerade den Stein von meiner Flinte abgeschraubt, um ihn etwas zu schärfen, als plötzlich ein schreckliches Ungeheuer von einem Bären gegen mich anbrummte. Alles was ich tun konnte, war, mich eiligst auf einen Baum zu flüchten, um dort mich zur Verteidigung zu rüsten. Unglücklicherweise aber fiel mir während des Hinaufkletterns mein Messer, das ich eben gebraucht hatte, herunter, und nun hatte ich nichts, um die Schraube, die sich ohnedies sehr schwer drehen ließ, zu schließen.

Unten am Baume stand der Bär, und mit jedem Augenblicke musste ich erwarten, dass er mir nachkommen würde. Mir Feuer aus den Augen zu schlagen, wie ich wohl ehemals getan hatte, wollte ich nicht gerne versuchen, weil mir, anderer Umstände, die im Wege standen, nicht zu gedenken, jenes Experiment heftige Augenschmerzen zugezogen hatte, die noch nicht ganz vergangen waren. Sehnlich blickte ich nach meinem Messer, das unten senkrecht im Schnee steckte; aber die sehnsuchtsvollsten Blicke machten die Sache nicht um ein Härchen besser. Endlich kam ich auf einen Gedanken, der so sonderbar als glücklich war.

Ich gab dem Strahle desjenigen Wassers, von dem man bei großer Angst immer großen Vorrat hat, eine solche Richtung, dass es gerade auf das Heft meines Messers traf. Die fürchterliche Kälte, die eben war, machte, dass das Wasser sogleich gefror und in wenigen Augenblicken sich über meinem Messer eine Verlängerung von Eis bildete, die bis an die untersten Äste des Baumes reichte. Nun packte ich den aufgeschossenen Stiel und zog ohne viel Mühe, aber mit desto mehr Behutsamkeit mein Messer zu mir herauf. Kaum hatte ich damit den Stein festgeschraubt, als Herr Petz angestiegen kam. Wahrhaftig, dachte ich, man muss so weise als ein Bär sein, um den Zeitpunkt so gut abzupassen, und empfing Meister Braun mit einer so herzlich gemeinten Bescherung von Rollern, dass er auf ewig das Baumsteigen vergaß.

Ebenso schoss mir ein anderes Mal unversehens ein fürchterlicher Wolf so nahe auf den Leib, dass mir nichts weiter übrig blieb, als ihm, dem mechanischen Instinkt zufolge, meine Faust in den offenen Rachen zu stoßen. Gerade meiner Sicherheit wegen stieß ich immer weiter und weiter und brachte meinen Arm beinahe bis an die Schulter hinein. Was war aber nun zu tun? – Ich kann eben nicht sagen, dass mir diese unbehilfliche Situation sonderlich anstand. – Man denke nur, Stirn gegen Stirn mit einem Wolfe! – Wir äugelten uns eben nicht gar lieblich an. Hätte ich meinen Arm zurückgezogen, so wäre mir die Bestie nur desto wütender zu Leibe gesprungen. So viel ließ sich klar und deutlich aus seinen flammenden Augen heraus buchstabieren. Kurz, ich packte ihn beim Eingeweide, kehrte sein Äußeres zu Innerst, wie einen Handschuh, um, schleuderte ihn zu Boden und ließ ihn da liegen.

Dies Stückchen hätte ich nun wieder nicht an einem tollen Hunde versuchen mögen, welcher bald darauf in einem engen Gässchen zu St. Petersburg gegen mich anlief. »Lauf, was du kannst!« dachte ich. Um desto besser fortzukommen, warf ich meinen Oberrock ab und rettete mich geschwind ins Haus. Den Rock ließ ich hernach durch meinen Bediensteten hereinholen und zu den andern Kleidern in die Garderobe hängen. Tags darauf geriet ich in ein gewaltiges Schrecken durch meines Johanns Geschrei: »Herr Gott, Herr Baron, Ihr Überrock ist toll!« Ich sprang hurtig zu ihm hinauf und fand alle meine Kleider umhergezerret und zu Stücken zerrissen. Der Kerl hatte es auf ein Haar getroffen, dass der Oberrock toll sei. Ich kam gerade noch selbst dazu, wie er über ein schönes neues Galakleid herfiel und es auf eine gar unbarmherzige Weise zerschüttelte und umherzauste.

DRITTES KAPITEL
Von Hunden und Pferden des Freiherrn von Münchhausen

Des Freiherrn von Münchhausen vortreffliche Hunde

IN ALLEN DIESEN FÄLLEN, meine Herren, wo ich freilich immer glücklich, aber doch nur immer mit genauer Not davonkam, half mir das Ungewisse, welches ich durch Tapferkeit und Gegenwart des Geistes zu meinem Vorteile lenkte. Alles zusammengenommen macht, wie jedermann weiß, den glücklichen Jäger, Seemann und Soldaten aus. Der aber würde ein sehr unvorsichtiger, tadelnswerter Weidmann, Admiral und General sein, der sich überall nur auf das Ungefähr oder sein Gestirn verlassen wollte, ohne sich weder um die besonders erforderlichen Kunstfertigkeiten zu bekümmern, noch sich mit denjenigen Werkzeugen zu versehen, die den guten Erfolg sichern. Ein solcher Tadel trifft mich keineswegs. Denn ich bin immer berühmt gewesen sowohl wegen der Vortrefflichkeit meiner Pferde, Hunde und Gewehre als auch wegen der besondern Art, das alles zu handhaben, so dass ich mich wohl rühmen kann, in Forst, Wiese und Feld meines Namens Gedächtnis hinlänglich gestiftet zu haben. Ich will mich nun zwar nicht auf Partikularitäten von meinen Pferd- und Hundeställen oder meiner Gewehrkammer einlassen, wie Stall-, Jagd- und Hundejunker sonst wohl zu tun pflegen, aber zwei von meinen Hunden zeichneten sich so sehr in meinen Diensten aus, dass ich sie nie vergessen kann und ihrer bei dieser Gelegenheit mit wenigem erwähnen muss. Der eine war ein Hühnerhund, so unermüdet, so aufmerksam, so vorsichtig, dass jeder, der ihn sah, mich darum beneidete.

Tag und Nacht konnte ich ihn gebrauchen: wurd' es Nacht, so hing ich ihm eine Laterne an den Schwanz, und nun jagte ich so gut oder noch besser mit ihm als am hellen Tage. – Einst (es war kurz nach meiner Verheiratung) bezeugte meine Frau Lust, auf die Jagd zu gehen. Ich ritt voran, um etwas aufzusuchen, und es dauerte nicht lange, so stand mein Hund vor einer Kette von einigen hundert Hühnern. Ich warte und warte immer auf meine Frau, die mit meinem Leutnant und einem Reitknechte gleich nach mir weggeritten war; niemand aber war zu sehen und zu hören. Endlich werde ich unruhig, kehre um, und ungefähr auf der Hälfte des Weges höre ich ein äußerst klägliches Winseln. Es schien mir ziemlich nahe zu sein, und doch war weit und breit keine lebendige Seele zu erblicken. Ich stieg ab, legte mein Ohr auf den Boden, und nun hörte ich nicht nur, dass dies Jammern unter der Erde war, sondern erkannte auch ganz deutlich die Stimme meiner Frau, meines Leutnants und meines Reitknechts. Zugleich sehe ich auch, dass nicht weit von mir die Öffnung einer Steinkohlengrube war, und es blieb mir nun leider kein Zweifel mehr, dass mein armes Weib und ihre Begleiter da hineingestürzt waren. Ich eilte in voller Karriere nach dem nächsten Dorfe, um die Grubenleute zu holen, die endlich nach langer, höchst mühseliger Arbeit die Verunglückten aus einer neunzig Klafter tiefen Schacht zutage förderten. Erst brachten sie den Reitknecht, dann sein Pferd, dann den Leutnant, dann sein Pferd, dann meine Frau und zuletzt ihren türkischen Klepper.

Das wunderbarste bei der ganzen Sache war, dass Menschen und Pferde bei diesem ungeheueren Sturze, einige kleine Quetschungen abgerechnet, fast gar nicht beschädigt waren; desto mehr aber hatten sie durch die unaussprechliche Angst gelitten. An eine Jagd war nun, wie Sie sich leicht vorstellen können, nicht mehr zu denken; und da Sie, wie ich fast vermute, meinen Hund während dieser Erzählung vergessen haben, so werden Sie mir es nicht übelnehmen, dass auch ich nicht mehr an ihn dachte. Mein Dienst nötigte mich, gleich den andern Morgen eine Reise anzutreten, von der ich erst nach vierzehn Tagen zurückkam. Ich war kaum einige Stunden wieder zu Hause, als ich meine Diane vermisste. Niemand hatte sich um sie bekümmert; meine Leute hatten sämtlich geglaubt, sie wäre mit mir gelaufen, und nun war sie zu meinem großen Leidwesen nirgends zu finden.

– Endlich kam mir der Gedanke: sollte der Hund wohl gar noch bei den Hühnern sein? Hoffnung und Furcht jagten mich augenblicklich nach der Gegend hin, und siehe da, zu meiner unsäglichen Freude stand mein Hund noch auf derselben Stelle, wo ich ihn vor vierzehn Tagen verlassen hatte. »Piel!« rief ich, und sogleich sprang er ein, und ich bekam auf einen Schuss fünfundzwanzig Hühner. Kaum aber konnte das arme Tier noch zu mir ankriechen, so ausgehungert und abgemattet war es. Um ihn mit mir nach Hause bringen zu können, musste ich ihn auf mein Pferd nehmen, und Sie können leicht denken, dass ich mich mit der größten Freude dieser Unbequemlichkeit unterzog. Nach einer guten Pflege von wenigen Tagen war er wieder so frisch und munter als zuvor, und einige Wochen darauf machte er mir es möglich, ein Rätsel aufzulösen, was mir ohne ihn wahrscheinlich ewig ungelöst hätte bleiben müssen.

Ich jagte nämlich zwei ganzer Tage hinter einem Hasen her. Mein Hund brachte ihn immer wieder herum, aber nie konnte ich zum Schusse kommen. – An Hexerei zu glauben, ist meine Sache nie gewesen, dazu habe ich zu außerordentliche Dinge erlebt; allein hier war ich doch mit meinen fünf Sinnen am Ende. Endlich kam mir aber doch der Hase so nahe, dass ich ihn mit meinem Gewehr erreichen konnte. Er stürzte nieder, und was meinen Sie, was ich nun fand? – Vier Läufe hatte mein Hase unter dem Leibe und viere auf dem Rücken. Waren die zwei untern Paar müde, so warf er sich wie ein geschickter Schwimmer, der auf Bauch und Rücken schwimmen kann, herum, und nun ging es mit den beiden neuen wieder mit verstärkter Geschwindigkeit fort. Nie habe ich nachher einen Hasen von der Art gefunden und auch diesen würde ich nicht bekommen haben, wenn mein Hund nicht so ungemeine Vollkommenheiten gehabt hätte. Dieser aber übertraf sein ganzes Geschlecht so sehr, dass ich kein Bedenken tragen würde, ihm den Beinamen des Einzigen beizulegen. wenn nicht ein Windspiel, das ich hatte, ihm diese Ehre streitig machte. Das Tierchen war minder wegen seiner Gestalt als wegen seiner außerordentlichen Schnelligkeit merkwürdig. Hätten die Herren es gesehen, so würden sie es gewiss bewundert und sich gar nicht verwundert haben, dass ich es so lieb hatte und so oft mit ihm jagte. Es lief so schnell, so oft und so lange in meinem Dienste, dass es sich die Beine ganz bis dicht unterm Leibe weglief und ich es in seiner letzten Lebenszeit nur noch als Dachssucher gebrauchen konnte, in welcher Qualität es mir denn ebenfalls noch manch liebes Jahr diente.

Weiland noch als Windspiel – beiläufig zu melden, es war eine Hündin – setzte sie einst hinter einem Hasen her, der mir ganz ungewöhnlich dick vorkam. Es tat mir leid um meine arme Hündin, denn sie war mit Jungen trächtig und wollte doch noch ebenso schnell laufen als sonst. Nur in sehr weiter Entfernung konnte ich zu Pferde nachfolgen. Auf einmal hörte ich ein Gekläffe wie von einer ganzen Kuppel Hunde, allein so schwach und zart, dass ich nicht wusste, was ich daraus machen sollte. Wie ich näher kam, sah ich mein himmelblaues Wunder. Die Häsin hatte im Laufen gesetzt, und meine Hündin geworfen, und zwar jene gerade ebenso viel junge Hasen als diese junge Hunde. Instinktmäßig hatten jene die Flucht genommen, diese aber nicht nur gejagt, sondern auch gefangen. Dadurch gelangte ich am Ende der Jagd auf einmal zu sechs Hasen und Hunden: da ich doch nur mit einem einzigen angefangen hatte.

Der Freiherr bändigt und dressiert ein wildes Pferd

Ich gedenke dieser wunderbaren Hündin mit ebendem Vergnügen als eines vortrefflichen litauischen Pferdes, welches nicht mit Gelde zu bezahlen war. Dies bekam ich durch einen Vorfall, welcher mir Gelegenheit gab, meine Reitkunst zu meinem nicht geringen Ruhme zu zeigen. Ich war nämlich einst auf dem prächtigen Landsitze des Grafen Przobofsky in Litauen und blieb im Staatszimmer bei den Damen zum Tee, indessen die Herren hinunter in den Hof gingen, um ein junges Pferd von Geblüte zu besehen, welches soeben aus der Stuterei angelangt war. Plötzlich hörten wir einen Notschrei. Ich eilte die Treppe hinab und fand das Pferd so wild und unbändig, dass niemand sich getraute, sich ihm zu nähern oder es zu besteigen. Bestürzt und verwirrt standen die entschlossensten Reiter da; Angst und Besorgnis schwebte auf allen Gesichtern, als ich mit einem einzigen Sprunge auf seinem Rücken saß und das Pferd durch diese Überraschung nicht nur in Schrecken setzte, sondern es auch durch Anwendung meiner besten Reitkünste gänzlich zu Ruhe und Gehorsam brachte.

Um dies den Damen noch besser zu zeigen und ihnen alle unnötige Besorgnis zu ersparen, so zwang ich den Gaul, durch eins der offenen Fenster des Teezimmers mit mir hineinzusetzen. Hier ritt ich nun verschiedene Mal, bald Schritt, bald Trott, bald Galopp herum, setzte endlich sogar auf den Teetisch und machte da im kleinen überaus artig die ganze Schule durch, worüber sich denn die Damen ganz ausnehmend ergötzten. Mein Rösschen machte alles so bewundernswürdig geschickt, dass es weder Kannen noch Tassen zerbrach. Dies setzte mich bei den Damen und dem Herrn Grafen so hoch in Gunst, dass er mit seiner gewöhnlichen Höflichkeit mich bat, das junge Pferd zum Geschenke von ihm anzunehmen und auf selbigem in dem Feldzuge gegen die Türken, welcher in kurzem unter Anführung des Grafen Münnich eröffnet werden sollte, auf Sieg und Eroberung auszureiten.

VIERTES KAPITEL

Abenteuer des Freiherrn von Münchhausen im Kriege gegen die Türken

Wie der Freiherr die Hälfte seines Pferdes verliert und was sich weiter damit zugetragen hat.

EIN ANGENEHMERES GESCHENK hätte mir nun wohl nicht leicht gemacht werden können, besonders da es mir so viel Gutes von einem Feldzuge weissagte, in welchem ich mein erstes Probestück als Soldat ablegen wollte. Ein Pferd, so gefügig, so mutvoll und feurig – Lamm und Bucephal zugleich –, musste mich allezeit an die Pflichten eines braven Soldaten und an die erstaunlichen Taten erinnern, welche der junge Alexander im Felde verrichtet hatte.

Wir zogen, wie es scheinet, unter anderem auch in der Absicht zu Felde, um die Ehre der russischen Waffen, welche in dem Feldzuge unter Zar Peter am Pruth ein wenig gelitten hatte, wiederherzustellen. Dieses gelang uns auch vollkommen durch verschiedene zwar mühselige, aber doch rühmliche Feldzüge unter Anführung des großen Feldherrn, dessen ich vorhin erwähnte.

Die Bescheidenheit verbietet es Subalternen, sich große Taten und Siege zuzuschreiben, wovon der Ruhm gemeiniglich den Anführern, ihrer Alltagsqualitäten ungeachtet, ja wohl gar verkehrt genug Königen und Königinnen in Rechnung gebracht wird, welche niemals anders als Musterungspulver rochen, nie außer ihren Lustlagern ein Schlachtfeld, noch außer ihren Wachtparaden ein Heer in Schlachtordnung erblickten. Ich mache also keinen besondern Anspruch an die Ehre von unsern größeren Affären mit dem Feinde. Wir taten insgesamt unsere Schuldigkeit, welches in der Sprache des Patrioten, des Soldaten und kurz des braven Mannes ein sehr viel umfassender Ausdruck, ein Ausdruck von sehr wichtigem Inhalt und Belang ist, obgleich der große Haufen müssiger Kannegießer sich nur einen sehr geringen und ärmlichen Begriff davon machen mag. Da ich indessen ein Korps Husaren unter meinem Kommando hatte, so ging ich auf verschiedene Expeditionen aus, wo das Verhalten meiner eigenen Klugheit und Tapferkeit überlassen war. Den Erfolg hiervon, denke ich denn doch, kann ich mit gutem Fug auf meine eigene und die Rechnung derjenigen braven Gefährten schreiben, die ich zu Sieg und Eroberung führte.

Einst, als wir die Türken in Oczakow hineintrieben, ging's bei der Avantgarde sehr heiß her. Mein feuriger Litauer hätte mich beinahe in des Teufels Küche gebracht. Ich hatte einen ziemlich entfernten

Vorposten und sah den Feind in einer Wolke von Staub gegen mich anrücken, wodurch ich wegen seiner wahren Anzahl und Absicht gänzlich in Ungewissheit blieb. Mich in eine ähnliche Wolke von Staub einzuhüllen, wäre freilich wohl ein Alltagspfiff gewesen, würde mich aber ebenso wenig klüger gemacht als überhaupt der Absicht nähergebracht haben, warum ich vorausgeschickt war. Ich ließ daher meine Flankeurs zur Linken und Rechten auf beiden Flügeln sich zerstreuen und so viel Staub erregen, als sie nur immer konnten. Ich selbst aber ging gerade auf den Feind los, um ihn näher in Augenschein zu nehmen. Dies gelang mir. Denn er stand und focht nur so lange, bis die Furcht vor meinen Flankeurs ihn in Unordnung zurücktrieb. Nun war's Zeit, tapfer über ihn herzufallen. Wir zerstreuten ihn völlig, richteten eine gewaltige Niederlage an und trieben ihn nicht allein in seine Festung zu Loche, sondern auch durch und durch, ganz über und wider unsere blutgierigsten Erwartungen.

Weil nun mein Litauer so außerordentlich geschwind war, so war ich der Vorderste beim Nachsetzen, und da ich sah, dass der Feind so hübsch zum gegenseitigen Tore wieder hinausfloh, so hielt ich's für ratsam, auf dem Marktplatze anzuhalten und da zum Rendezvous blasen zu lassen. Ich hielt an, aber stellt euch, ihr Herren, mein Erstaunen vor, als ich weder Trompeter noch irgendeine lebendige Seele von meinen Husaren um mich sah. –

»Sprengen sie etwa durch andere Straßen? Oder was ist aus ihnen geworden?« dachte ich. Indessen konnten sie meiner Meinung nach unmöglich fern sein und mussten mich bald einholen. In dieser Erwartung ritt ich meinen atemlosen Litauer zu einem Brunnen auf dem Marktplatze und ließ ihn trinken.

Er soff ganz unmäßig und mit einem Heißdurste, der gar nicht zu löschen war. Allein das ging ganz natürlich zu. Denn als ich mich nach meinen Leuten umsah, was meint ihr wohl, ihr Herren, was ich da erblickte? –

Münchhausen   O. Herrfurth pinx

Der ganze Hinterteil des armen Tieres, Kreuz und Lenden waren fort und wie rein abgeschnitten. So lief denn hinten das Wasser ebenso wieder heraus, als es von vorn hineingekommen war, ohne dass es dem Gaul zugute kam oder ihn erfrischte. Wie das zugegangen sein mochte, blieb mir ein völliges Rätsel, bis endlich mein Reitknecht von einer ganz entgegengesetzten Seite angejagt kam und unter einem Strome von treuherzigen Glückwünschen und kräftigen Flüchen mir folgendes zu vernehmen gab. Als ich pêle mêle mit dem fliehenden Feinde hereingedrungen wäre, hätte man plötzlich das Schutzgatter fallen lassen, und dadurch wäre der Hinterteil meines Pferdes rein abgeschlagen worden. Erst hätte besagter Hinterteil unter den Feinden, die ganz blind und taub gegen das Tor angestürzt wären, durch beständiges Ausschlagen die fürchterlichste Verheerung angerichtet, und dann wäre er siegreich nach einer nahe gelegenen Weide hingewandert, wo ich ihn wahrscheinlich noch finden würde. Ich drehte sogleich um, und in einem unbegreiflich schnellen Galopp brachte mich die Hälfte meines Pferdes, die mir noch übrig war, nach der Weide hin.

Zu meiner großen Freude fand ich hier die andere Hälfte gegenwärtig, und zu meiner noch größeren Verwunderung sah ich, dass sich dieselbe mit einer Beschäftigung amüsierte, die so gut gewählt war, dass bis jetzt noch kein maître des plaisirs mit allem Scharfsinne imstande war, eine angemessenere Unterhaltung eines kopflosen Subjekts ausfindig zu machen. Mit einem Worte, der Hinterteil meines Wunderpferdes hatte in den wenigen Augenblicken schon sehr vertraute Bekanntschaft mit den Stuten gemacht, die auf der Weide umherliefen, und schien bei den Vergnügungen seines Harems alles ausgestandene Ungemach zu vergessen. Hiebei kam nun freilich der Kopf so wenig in Betracht, dass selbst die Fohlen, die dieser Erholung ihr Dasein zu danken hatten, unbrauchbare Missgeburten waren, denen alles das fehlte, was bei ihrem Vater, als er sie zeugte, vermisst wurde.

Da ich so unwidersprechliche Beweise hatte, dass in beiden Hälften meines Pferdes Leben sei, so ließ ich sogleich unsern Kurschmied rufen. Dieser heftete, ohne sich lange zu besinnen, beide Teile mit jungen Lorbeersprösslingen, die gerade bei der Hand waren, zusammen. Die Wunde heilte glücklich zu; und es begab sich etwas, das nur einem so ruhmvollen Pferde begegnen konnte. Nämlich die Sprossen schlugen Wurzel in seinem Leibe, wuchsen empor und wölbten eine Laube über mir, so dass ich hernach manchen ehrlichen Ritt im Schatten meiner sowohl als meines Rosses Lorbeern tun konnte.

Einer andern kleinen Ungelegenheit von dieser Affäre will ich nur beiläufig erwähnen. Ich hatte so heftig, so lange, so unermüdet auf den

Feind losgehauen, dass mein Arm dadurch endlich in eine unwillkürliche Bewegung des Hauens geraten war, als der Feind schon längst über alle Berge war. Um mich nun nicht selbst oder meine Leute, die mir zu nahe kamen, für nichts und wider nichts zu prügeln, sah ich mich genötigt, meinen Arm an die acht Tage lang ebenso gut in der Binde zu tragen, als ob er mir halb abgehauen gewesen wäre.

Der Freiherr rekognosziert auf einer abgeschossenen Bombe eine feindliche Festung.

Einem Manne, meine Herren, der einen Gaul, wie mein Litauer war, zu reiten vermochte, können Sie auch wohl noch ein anderes Voltigier- und Reiterstückchen zutrauen, welches außerdem vielleicht ein wenig fabelhaft klingen möchte. Wir belagerten nämlich, ich weiß nicht mehr welche Stadt, und dem Feldmarschall war ganz erstaunlich viel an genauer Kundschaft gelegen, wie die Sachen in der Festung stünden. Es schien äußerst schwer, ja fast unmöglich, durch alle Vorposten, Wachen und Festungswerke hineinzugelangen, auch war eben kein tüchtiges Subjekt vorhanden, wodurch man so was glücklich auszurichten hätte hoffen können.

Vor Mut und Diensteifer fast ein wenig allzu rasch stellte ich mich neben eine der größten Kanonen, die soeben nach der Festung abgefeuert ward, und sprang im Hui auf die Kugel, in der Absicht, mich in die Festung hineintragen zu lassen. Als ich aber halbwegs durch die Luft geritten war, stiegen mir allerlei nicht unerhebliche Bedenklichkeiten zu Kopfe. »Hum,« dachte ich, »hinein kommst du nun wohl, allein wie hernach sogleich wieder heraus? Und wie kann's dir in der Festung ergehen? Man wird dich sogleich als einen Spion erkennen und an den nächsten Galgen hängen. Ein solches Bette der Ehren wollte ich mir denn doch wohl verbitten.« Nach diesen und ähnlichen Betrachtungen entschloss ich mich kurz, nahm die glückliche Gelegenheit wahr, als eine Kanonenkugel aus der Festung einige Schritte weit vor mir vorüber nach unserm Lager flog, sprang von der meinigen auf diese hinüber und kam, zwar unverrichteter Sache, jedoch wohlbehalten bei den lieben Unsrigen wieder an.

So leicht und fertig ich im Springen war, so war es auch mein Pferd. Weder Gräben noch Zäune hielten mich jemals ab, überall den geradesten Weg zu reiten. Einst setzte ich darauf hinter einem Hasen her, der querfeldein über die Heerstraße lief. Eine Kutsche mit zwei schönen Damen fuhr diesen Weg gerade zwischen mir und dem Hasen vorbei. Mein Gaul setzte so schnell und ohne Anstoß mitten durch die Kutsche hindurch, wovon die Fenster aufgezogen waren, dass ich kaum Zeit hatte, meinen Hut abzuziehen und die Damen wegen dieser Freiheit untertänigst um Verzeihung zu bitten.

Noch fernere Reiterkunststücke des Freiherrn
und erstaunenswürdige Geistesgegenwart

Ein andres Mal wollte ich über einen Morast setzen, der mir anfänglich nicht so breit vorkam, als ich ihn fand, da ich mitten im Sprunge war. Schwebend in der Luft wendete ich daher wieder um, wo ich hergekommen war, um einen größern Anlauf zu nehmen. Gleichwohl sprang ich auch zum zweiten Male noch zu kurz und fiel nicht weit vom andern Ufer bis an den Hals in den Morast. Hier hätte ich unfehlbar umkommen müssen, wenn nicht die Stärke meines eigenen Armes mich an meinem eigenen Haarzopfe, samt dem Pferde, welches ich fest zwischen meine Knie schloss, wieder herausgezogen hätte.

FÜNFTES KAPITEL

Abenteuer des Freiherrn von Münchhausen während seiner Gefangenschaft bei den Türken. Er kehrt in seine Heimat zurück

Der Freiherr von Münchhausen kommt in türkische Gefangenschaft und wird zum Bärenhüter bestellt. Er macht einen Besuch im Mond und weiß einem naschhaften Bären, der ihm an die Honigstöcke geht, den Nagel zu stecken.

Trotz aller meiner Tapferkeit und Klugheit, trotz meiner und meines Pferdes Gewandtheit und Stärke ging's mir in dem Türkenkriege doch nicht immer nach Wunsche. Ich hatte sogar das Unglück, durch die Menge übermannt und zum Kriegsgefangenen gemacht zu werden. Ja, was noch schlimmer war, aber doch immer unter den Türken gewöhnlich ist, ich wurde zum Sklaven verkauft. In diesem Stande der Demütigung war mein Tagewerk nicht sowohl hart und sauer als vielmehr seltsam und verdrießlich. Ich musste nämlich des Sultans Bienen alle Morgen auf die Weide treiben, sie daselbst den ganzen Tag lang hüten und dann gegen Abend wieder zurück in ihre Stöcke treiben. Eines Abends vermisste ich eine Biene, wurde aber sogleich gewahr, dass zwei Bären sie angefallen hatten und ihres Honigs wegen zerreißen wollten.

Da ich nun nichts anderes Waffenähnliches in Händen hatte als die silberne Axt, welche das Kennzeichen der Gärtner und Landarbeiter des Sultans ist, so warf ich diese nach den beiden Räubern, bloß in der Absicht, sie damit wegzuscheuchen. Die arme Biene setzte ich auch wirklich dadurch in Freiheit; allein durch einen unglücklichen, allzu starken Schwung meines Armes flog die Axt in die Höhe und hörte nicht auf zu steigen, bis sie im Monde niederfiel. Wie sollte ich sie nun wiederkriegen? Mit welcher Leiter auf Erden sie herunterholen?

Da fiel mir ein, dass die türkischen Bohnen sehr geschwind und zu einer ganz erstaunlichen Höhe emporwüchsen. Augenblicklich pflanzte ich also eine solche Bohne, welche wirklich emporwuchs und sich an eines von des Mondes Hörnern von selbst anrankte. Nun kletterte ich getrost nach dem Monde empor, wo ich auch glücklich anlangte. Es war ein ziemlich mühseliges Stückchen Arbeit, meine silberne Axt an einem Orte wiederzufinden, wo alle andere Dinge gleichfalls wie Silber glänzten. Endlich aber fand ich sie doch auf einem Haufen Spreu und Häckerling. Nun wollte ich wieder zurückkehren, aber ach, die Sonnenhitze hatte indessen meine Bohne aufgetrocknet, so dass daran schlechterdings nicht wieder herabzusteigen war.

Münchhausen   O. Herrfurth pinx

Was war nun zu tun? – Ich flocht mir einen Strick von dem Häckerling, so lang ich ihn nur immer machen konnte. Diesen befestigte ich
an eines von des Mondes Hörnern und ließ mich daran herunter. Mit
der rechten Hand hielt ich mich fest, und in der linken führte ich
meine Axt.

Sowie ich nun eine Strecke hinuntergeglitten war, so hieb ich immer das überflüssige Stück über mir ab und knüpfte dasselbe unten wieder an, wodurch ich denn ziemlich weit heruntergelangte. Dieses wiederholte Abhauen und Anknüpfen machte nun freilich den Strick ebenso wenig besser, als es mich völlig herab auf des Sultans Landgut brachte. Ich mochte wohl noch ein paar Meilen weit droben in den Wolken sein, als mein Strick auf einmal zerriss und ich mit solcher Heftigkeit herab zu Gottes Erdboden fiel, dass ich ganz betäubt davon wurde. Durch die Schwere meines von einer solchen Höhe herabfallenden Körpers fiel ich ein Loch, wenigstens neun Klafter tief, in die Erde hinein. Ich erholte mich zwar endlich wieder, wusste aber nun nicht, wie ich wieder herauskommen sollte. Allein was tut nicht die Not? Ich grub mir mit meinen Nägeln, deren Wuchs damals vierzigjährig war, eine Art von Treppe und förderte mich dadurch glücklich zutage.

Durch diese mühselige Erfahrung klüger gemacht, fing ich's nachher besser an, der Bären, die so gern nach meinen Bienen und den Honigstöcken stiegen, loszuwerden. Ich bestrich die Deichsel eines Ackerwagens mit Honig und legte mich nicht weit davon des Nachts in einen Hinterhalt. Was ich vermutete, das geschah. Ein ungeheurer Bär, herbeigelockt durch den Duft des Honigs, kam an und fing vorn an der Spitze der Stange so begierig an zu lecken, dass er sich die ganze Stange durch Schlund, Magen und Bauch bis hinten wieder hinausleckte. Als er sich nun so artig auf die Stange hinaufgeleckt hatte, lief ich hinzu, steckte vorn durch das Loch der Deichsel einen langen Pflock, verwehrte dadurch dem Nascher den Rückzug und ließ ihn sitzen bis an den andern Morgen. Über dies Stückchen wollte sich der Großsultan, der von ungefähr vorbeispazierte, fast totlachen.

Nicht lange hierauf machten die Russen mit den Türken Frieden, und ich wurde nebst andern Kriegsgefangenen wieder nach St. Petersburg ausgeliefert. Ich nahm aber nun meinen Abschied und verließ Russland um die Zeit der großen Revolution vor etwa vierzig Jahren, da der Kaiser in der Wiege nebst seiner Mutter und ihrem Vater, dem Herzoge von Braunschweig, dem Feldmarschall von Münnich und vielen andern nach Sibirien geschickt wurden.

Es herrschte damals über ganz Europa ein so außerordentlich strenger Winter, dass die Sonne eine Art von Frostschaden erlitten haben muss, woran sie seit der ganzen Zeit her bis auf den heutigen Tag gesiecht hat. Ich empfand daher auf der Rückreise in mein Vaterland weit größeres Ungemach, als ich auf meiner Hinreise nach Russland erfahren hatte.

Ich musste, weil mein Litauer in der Türkei geblieben war, mit der Post reisen. Als sich's nun fügte, dass wir an einen engen hohlen Weg zwischen hohen Dornhecken kamen, so erinnerte ich den Postillion, mit seinem Horne ein Zeichen zu geben, damit wir uns in diesem engen Passe nicht etwa gegen ein anderes entgegenkommendes Fuhrwerk festfahren mochten. Mein Kerl setzte an und blies aus Leibeskräften in das Horn, aber alle seine Bemühungen waren umsonst. Nicht ein einziger Ton kam heraus, welches uns ganz unerklärlich, ja in der Tat für ein rechtes Unglück zu achten war, indem bald eine andere uns entgegenkommende Kutsche auf uns stieß, vor welcher nun schlechterdings nicht vorbeizukommen war. Nichtsdestoweniger sprang ich aus meinem Wagen und spannte zuvörderst die Pferde aus. Hierauf nahm ich den Wagen nebst den vier Rädern und allen Päckereien auf meine Schultern und sprang damit über Ufer und Hecke, ungefähr neun Fuß hoch, welches in Rücksicht auf die Schwere der Kutsche eben keine Kleinigkeit war, auf das Feld hinüber.

Durch einen andern Rücksprung gelangte ich, die fremde Kutsche vorüber, wieder in den Weg. Darauf eilte ich zurück zu unsern Pferden, nahm unter jeden Arm eins und holte sie auf die vorige Art, nämlich durch einen zweimaligen Sprung hinüber und herüber, gleichfalls herbei, ließ wieder anspannen und gelangte glücklich am Ende der Station zur Herberge. Noch hätte ich anführen sollen, dass eins von den Pferden, welches sehr mutig und nicht über vier Jahre alt war, ziemlichen Unfug machen wollte. Denn als ich meinen zweiten Sprung über die Hecke tat, so verriet es durch sein Schnauben und Trampeln ein großes Missbehagen an dieser heftigen Bewegung. Dies verwehrte ich ihm aber gar bald, indem ich seine Hinterbeine in meine Rocktasche steckte.

In der Herberge erholten wir uns wieder von unserm Abenteuer. Der Postillion hängte sein Horn an einen Nagel beim Küchenfeuer, und ich setzte mich ihm gegenüber.

Nun hört, ihr Herren, was geschah! Auf einmal ging's: Tereng! tereng! teng! teng! Wir machten große Augen und fanden nun auf einmal die Ursache aus, warum der Postillion sein Horn nicht hatte blasen können. Die Töne waren in dem Horne festgefroren und kamen nun, so

Wie ein eingefrorenes Posthorn auftaut und
zu großer Verwunderung der Gäste zu spielen anfängt.

wie sie nach und nach auftauten, hell und klar zu nicht geringer Ehre des Fuhrmanns heraus. Denn die ehrliche Haut unterhielt uns nun eine ziemliche Zeitlang mit der herrlichsten Modulation, ohne den Mund an das Horn zu bringen. Da hörten wir den preußischen Marsch – Ohne Lieb und ohne Wein – Als ich auf meiner Bleiche – Gestern Abend war Vetter Michel da – nebst noch vielen andern Stückchen, auch sogar das Abendlied: Nun ruhen alle Wälder. – Mit diesem letzten endigte sich denn dieser Tauspass, so wie ich hiermit meine russische Reisegeschichte.

Manche Reisende sind bisweilen imstande, mehr zu behaupten, als genau genommen wahr sein mag. Daher ist es denn kein Wunder. wenn Leser oder Zuhörer ein wenig zum Unglauben geneigt werden. Sollten indessen einige von der Gesellschaft an meiner Wahrhaftigkeit zweifeln, so muss ich sie wegen ihrer Ungläubigkeit herzlich bemitleiden und sie bitten, sich lieber zu entfernen, ehe ich meine Schiffsabenteuer beginne, die zwar fast noch wunderbarer, aber doch ebenso authentisch sind.

SECHSTES KAPITEL
Erstes Seeabenteuer

GLEICH DIE ERSTE REISE, die ich in meinem Leben machte, geraume Zeit vor der russischen, von der ich eben einige Merkwürdigkeiten erzählt habe, war eine Reise zur See.

Ich stand, wie mein Onkel, der schwarzbartigste Husarenoberste, den ich je gesehen habe, mir oft zuzuschnurren pflegte, noch mit den Gänsen im Prozesse, und man hielt es noch für unentschieden, ob der weiße Flaum an meinem Kinne Keim von Dunen oder von einem Barte wäre, als schon Reisen das einzige Dichten und Trachten meines Herzens war. Da mein Vater teils selbst ein ehrliches Teil seiner früheren Jahre mit Reisen zugebracht hatte, teils manchen Winterabend durch die aufrichtige und ungeschminkte Erzählung seiner Abenteuer verkürzte, von denen ich Ihnen vielleicht in der Folge noch einige zum besten gebe, so kann man jene Neigung bei mir wohl mit ebenso gutem Grunde für angeboren als für eingeflößt halten.

Genug, ich ergriff jede Gelegenheit, die sich anbot oder nicht anbot, meiner unüberwindlichen Begierde, die Welt zu sehen, Befriedigung zu erbetteln oder zu ertrotzen; allein vergebens. Gelang es mir auch einmal, bei meinem Vater eine kleine Bresche zu machen, so taten Mama und Tante desto heftigeren Widerstand, und in wenigen Augenblicken war alles, was ich durch die überlegtesten Angriffe gewonnen hatte, wieder verloren. Endlich fügte sich's, dass einer meiner mütterlichen Verwandten uns besuchte. Ich wurde bald sein Liebling: er sagte mir oft, ich wäre ein hübscher, munterer Junge, und er wolle alles mögliche tun, mir zur Erfüllung meines sehnlichsten Wunsches behilflich zu sein. Seine Beredsamkeit war wirksamer als die meinige, und nach vielen Vorstellungen und Gegenvorstellungen, Einwendungen und Widerlegungen wurde endlich zu meiner unaussprechlichen Freude beschlossen, dass ich ihn auf einer Reise nach Ceylon, wo sein Onkel viele Jahre Gouverneur gewesen war, begleiten sollte.

Wir segelten mit wichtigen Aufträgen Ihrer Hochmögenden, der Staaten von Holland, von Amsterdam ab. Unsere Reise hatte, wenn ich einen außerordentlichen Sturm abrechne, nichts Besonderes. Dieses Sturmes aber muss ich seiner wunderbaren Folgen wegen mit ein paar Worten gedenken. Er nahm sich auf, gerade als wir bei einer Insel vor Anker lagen, um uns mit Holz und Wasser zu versorgen, und tobte mit solcher Heftigkeit, dass er eine große Menge Bäume von ungeheuerer Dicke und Höhe mit der Wurzel aus der Erde riss und durch die Luft schleuderte.

Ungeachtet einige dieser Bäume mehrere hundert Zentner schwer waren, so sahen sie doch wegen der unermesslichen Höhe – denn sie waren wenigstens fünf Meilen über der Erde – nicht größer aus als kleine Vogelfederchen, die bisweilen in der Luft umherfliegen. Indes, sowie der Orkan sich legte, fiel jeder Baum senkrecht in seine Stelle und schlug sogleich wieder Wurzel, so dass kaum eine Spur der Verwüstung zu sehen war. Nur der größte machte hiervon eine Ausnahme. Als er durch die plötzliche Gewalt des Sturmes aus der Erde ausgerissen wurde, saß gerade ein Mann mit seinem Weibe auf den Ästen desselben und pflückte Gurken; denn in diesem Teile der Welt wächst diese herrliche Frucht auf Bäumen. Das ehrliche Paar machte so geduldig als Blanchards Hammel die Luftreise mit, veranlasste aber durch seine Schwere, dass der Baum sowohl von seiner Richtung gegen seinen vorigen Platz abwich, als auch in einer horizontalen Lage herunterkam. Nun hatte, so wie die meisten Einwohner dieser Insel, auch ihr allergnädigster Kazike während des Sturms seine Wohnung verlassen, aus Furcht, unter den Trümmern derselben begraben zu werden, und wollte gerade wieder durch seinen Garten zurückgehen, als dieser Baum hernieder sauste und ihn, glücklicherweise, auf der Stelle totschlug.

– »Glücklicherweise?« –

Ja, ja, glücklicherweise. Denn, meine Herren, der Kazike war, mit Erlaubnis zu melden, der abscheulichste Tyrann, und die Einwohner der Insel, selbst seine Günstlinge und Mätressen nicht ausgenommen, die elendesten Geschöpfe unterm Monde. In seinen Vorratshäusern verfaulten die Lebensmittel, während seine Untertanen, denen sie abgepresst waren, vor Hunger verschmachteten. Seine Insel hatte keinen auswärtigen Feind zu fürchten; dessen ungeachtet nahm er jeden jungen Kerl weg, prügelte ihn höchsteigenhändig zum Helden und verkaufte von Zeit zu Zeit seine Kollektion dem meistbietenden benachbarten Fürsten, um zu den Millionen Muscheln, die er von seinem Vater geerbt hatte, neue Millionen zu legen. – Man sagte uns, er habe diese unerhörten Grundsätze von einer Reise, die er nach dem Norden gemacht habe, mitgebracht; eine Behauptung, auf deren Widerlegung wir uns, alles Patriotismus ungeachtet, schon deswegen nicht einlassen konnten, weil bei diesen Insulanern eine Reise nach dem Norden ebenso wohl eine Reise nach den Kanarischen Inseln als eine Spazierfahrt nach Grönland bedeutet; und eine bestimmtere Erklärung mochten wir aus mehreren Gründen nicht verlangen.

Zur Dankbarkeit für den großen Dienst, den das gurkenpflückende Paar, obgleich nur zufälligerweise, seinen Mitbürgern erwiesen hatte, wurde es von diesen auf den erledigten Thron gesetzt. Zwar waren diese guten Leutchen auf ihrer Luftfahrt dem großen Lichte der Welt so nahe gekommen, dass sie das Licht ihrer Augen und überdies eine kleine Portion ihres innern Lichtes dabei zugesetzt hatten; allein nichtsdestoweniger regierten sie so löblich, dass, wie ich in der Folge erfuhr, niemand Gurken aß, ohne zu sprechen: Gott erhalte den Kaziken.

Nachdem wir unser Schiff, das von diesem Sturme nicht wenig beschädigt war, wieder ausgebessert und uns von dem neuen Monarchen und seiner Gemahlin beurlaubt hatten, segelten wir mit ziemlichem Winde ab und kamen nach sechs Wochen glücklich zu Ceylon an.

Es mochten ungefähr vierzehn Tage seit unserer Ankunft verstrichen sein, als mir der älteste Sohn des Gouverneurs den Vorschlag tat, mit ihm auf die Jagd zu gehen, den ich auch herzlich gern annahm. Mein Freund war ein großer, starker Mann und an die Hitze jenes Klima gewöhnt; ich aber wurde in kurzer Zeit und bei ganz mäßiger Bewegung so matt, dass ich, als wir in den Wald gekommen waren, weit hinter ihm zurückblieb.

Ich wollte mich eben an dem Ufer eines reißenden Stromes, der schon einige Zeit meine Aufmerksamkeit beschäftigt hatte, niedersetzen, um mich etwas auszuruhen, als ich auf einmal auf dem Wege, den ich gekommen war, ein Geräusch hörte. Ich sah zurück und wurde fast versteinert, als ich einen ungeheuren Löwen erblickte, der gerade auf mich zukam und mich nicht undeutlich merken ließ, dass er gnädigst geruhe, meinen armen Leichnam zu seinem Frühstücke zu machen, ohne sich nur meine Einwilligung auszubitten. Meine Flinte war bloß mit Hasenschrot geladen. Langes Besinnen erlaubte mir weder die Zeit noch meine Verwirrung. Doch entschloss ich mich, auf die Bestie zu feuern, in der Hoffnung, sie zu schrecken, vielleicht auch zu verwunden. Allein da ich in der Angst nicht einmal wartete, bis mir der Löwe zum Schusse kam, so wurde er dadurch wütend gemacht und kam nun mit aller Heftigkeit auf mich los. Mehr aus Instinkt als aus vernünftiger Überlegung versuchte ich eine Unmöglichkeit – zu entfliehen. Ich kehrte mich um, und – mir läuft noch, sooft ich daran gedenke, ein kalter Schauder über den Leib – wenige Schritte vor mir steht ein scheußlicher Krokodil, der schon fürchterlich seinen Rachen aufsperrte, um mich zu verschlingen.

Stellen Sie sich, meine Herren, das Schreckliche meiner Lage vor! Hinter mir der Löwe, vor mir der Krokodil, zu meiner Linken ein reißender Strom, zu meiner Rechten ein Abgrund, in dem, wie ich nachher hörte, die giftigsten Schlangen sich aufhielten.

Betäubt – und das war einem Herkules in dieser Lage nicht übelzunehmen – stürze ich zu Boden. Jeder Gedanke, den meine Seele noch vermochte, war die schreckliche Erwartung, jetzt die Zähne oder Klauen des wütenden Raubtiers zu fühlen oder in dem Rachen des

Krokodils zu stecken. Doch in wenigen Sekunden hörte ich einen starken, aber durchaus fremden Laut. Ich wage es endlich, meinen Kopf aufzuheben und mich umzuschauen, und – was meinen Sie? – zu meiner unaussprechlichen Freude finde ich, dass der Löwe in der Hitze, in der er auf mich losschoss, in ebendem Augenblicke, in dem ich niederstürzte, über mich weg in den Rachen des Krokodils gesprungen war. Der Kopf des einen steckte nun in dem Schlunde des andern, und sie strebten mit aller Macht, sich voneinander loszumachen. Gerade noch zu rechter Zeit sprang ich auf, zog meinen Hirschfänger, und mit einem Streiche haute ich den Kopf des Löwen ab, so dass der Rumpf zu meinen Füßen zuckte. Darauf rammte ich mit dem untern Ende meiner Flinte den Kopf noch tiefer in den Rachen des Krokodils, das nun jämmerlich ersticken musste.

Bald nachdem ich diesen vollkommenen Sieg über zwei fürchterliche Feinde erfochten hatte, kam mein Freund, um zu sehen, was die Ursache meines Zurückbleibens wäre.

Nach gegenseitigem Glückwünschen maßen wir den Krokodil und fanden ihn genau vierzig Pariser Fuß sieben Zoll lang.

Sobald wir dem Gouverneur dieses außerordentliche Abenteuer erzählet hatten, schickte er einen Wagen mit einigen Leuten aus und ließ die beiden Tiere nach seinem Hause holen. Aus dem Felle des Löwen musste mir ein dortiger Kürschner Tobaksbeutel verfertigen, von denen ich einige meinen Bekannten zu Ceylon verehrte. Mit den übrigen machte ich bei unserer Rückkunft nach Holland Geschenke an die Bürgemeister, die mir dagegen ein Geschenk von tausend Dukaten machen wollten, das ich nur mit vieler Mühe ablehnen konnte.

Die Haut des Krokodils wurde auf die gewöhnliche Art ausgestopft und macht nun eine der größten Merkwürdigkeiten in dem Museum zu Amsterdam aus, wo der Vorzeiger die ganze Geschichte jedem, den er herumführet, erzählt. Dabei macht er denn freilich immer einige Zusätze, von denen verschiedene Wahrheit und Wahrscheinlichkeit in hohem Grade beleidigen. So pflegt er zum Exempel zu sagen, dass der Löwe durch den Krokodil hindurchgesprungen sei und eben bei der Hintertür habe entwischen wollen, als Monsieur, der weltberühmte

O. Herrfurth pinx

Baron, wie er mich zu nennen beliebt, den Kopf, sowie er herauskam, und mit dem Kopfe drei Fuß von dem Schwanze des Krokodils abgehauen hätte. Der Krokodil, fährt der Kerl bisweilen fort, blieb bei dem

Verluste seines Schwanzes nicht gleichgültig, drehte sich um, riss Monsieur den Hirschfänger aus der Hand und verschlang ihn mit solcher Hitze, dass er mitten durch das Herz des Ungetüms fuhr und es auf der Stelle sein Leben verlor.

Ich brauche Ihnen nicht zu sagen, meine Herren, wie unangenehm mir die Unverschämtheit dieses Schurken sein muss. Leute, die mich nicht kennen, werden durch dergleichen handgreifliche Lügen in unserm zweifelsüchtigen Zeitalter leicht veranlasst, selbst in die Wahrheit meiner wirklichen Taten ein Misstrauen zu setzen, was einen Kavalier von Ehre im höchsten Grade kränkt und beleidigt.

SIEBENTES KAPITEL
Zweites Seeabenteuer

IM JAHR 1766 schiffte ich mich zu Portsmouth auf einem englischen Kriegsschiffe erster Ordnung, mit hundert Kanonen und vierzehnhundert Mann, nach Nordamerika ein. Ich könnte hier zwar erst noch allerlei, was mir in England begegnet ist, erzählen; ich verspare es aber auf ein anderes Mal. Eins jedoch, welches mir überaus artig vorkam, will ich nur noch im Vorbeigehen mitnehmen. Ich hatte das Vergnügen, den König mit großem Pompe in seinem Staatswagen nach dem Parlament fahren zu sehen. Ein Kutscher mit einem ungemein respektablen Barte, worein das englische Wappen sehr sauber geschnitten war, saß gravitätisch auf dem Bocke und klatschte mit seiner Peitsche ein ebenso deutliches als künstliches:

Anlangend unsere Seereise, so begegnete uns nichts Merkwürdiges, bis wir ungefähr noch dreihundert Meilen von dem St. Lorenzflusse entfernt waren. Hier stieß das Schiff mit erstaunlicher Gewalt gegen etwas an, das uns wie ein Fels vorkam. Gleichwohl konnten wir, als wir das Senkblei auswarfen, mit fünfhundert Klaftern noch keinen Grund finden. Was diesen Vorfall noch wunderbarer und beinahe unbegreiflich machte, war, dass wir unser Steuerruder verloren, das Bugspriet mitten entzweibrachen und alle unsere Masten von oben bis unten aus zersplitterten, wovon auch zwei über Bord stoben. Ein armer Teufel, welcher gerade oben das Hauptsegel beilegte, flog wenigstens drei Meilen weit vom Schiffe weg, ehe er zu Wasser fiel. Allein er rettete noch dadurch glücklich sein Leben, dass er, während er in der Luft flog, den Schwanz einer Rotgans ergriff, welches nicht nur seinen Sturz in das Wasser milderte, sondern ihm auch Gelegenheit gab, auf ihrem Rücken oder vielmehr zwischen Hals und Fittichen so lange nachzuschwimmen, bis er endlich an Bord genommen werden konnte.

Ein anderer Beweis von der Gewalt des Stoßes war dieser, dass alles Volk zwischen den Verdecken empor gegen die Kopfdecke geschnellt ward. Mein Kopf ward dadurch ganz in den Magen hinabgepufft, und es dauerte wohl einige Monate, ehe er seine natürliche Stellung wieder bekam. Noch befanden wir uns insgesamt in einem Zustande des Erstaunens und einer allgemeinen unbeschreiblichen Verwirrung, als sich auf einmal alles durch Erscheinung eines großen Walfisches aufklärte, welcher an der Oberfläche des Wassers, sich sömmernd, eingeschlafen war. Dies Ungeheuer war so übel damit zufrieden, dass wir es mit unserm Schiffe gestört hatten, dass es nicht nur mit seinem Schwanze die Galerie und einen Teil des Oberlofs einschlug, sondern auch zu gleicher Zeit den Hauptanker, welcher wie gewöhnlich am Steuer aufgewunden war, zwischen seine Zähne packte und wenigstens sechzig Meilen weit, sechs Meilen auf eine Stunde gerechnet, mit unserm Schiffe davoneilte.

Gott weiß, wohin wir gezogen sein würden, wenn nicht noch glücklicherweise das Ankertau zerrissen wäre, wodurch der Walfisch unser Schiff, wir aber auch zugleich unsern Anker verloren. Als wir aber sechs Monate hierauf wieder nach Europa zurücksegelten, so fanden wir ebendenselben Walfisch in einer Entfernung weniger Meilen von ebender Stelle tot auf dem Wasser schwimmen, und er maß ungelogen der Länge nach wenigstens eine halbe Meile. Da wir nun von einem so ungeheuren Tiere nur wenig an Bord nehmen konnten, so setzten wir unsre Boote aus, schnitten ihm mit großer Mühe den Kopf ab und fanden zu unserer großen Freude nicht nur unsern Anker, sondern auch über vierzig Klafter Tau, welches auf der linken Seite seines Rachens in einem hohlen Zahne steckte. Dies war der einzige besondere Umstand, der sich auf dieser Reise zutrug.

Doch halt! eine Fatalität hätte ich beinahe vergessen. Als nämlich das erste Mal der Walfisch mit dem Schiffe davonschwamm, so bekam das Schiff einen Leck, und das Wasser drang so heftig herein, dass alle unsere Pumpen uns keine halbe Stunde vor dem Sinken hätten bewahren können. Zum guten Glück entdeckte ich das Unheil zuerst. Es war ein großes Loch, ungefähr einen Fuß im Durchmesser. Auf allerlei Weise versuchte ich es, das Loch zu verstopfen, allein umsonst. Endlich rettete ich dies schöne Schiff und alle seine zahlreiche Mannschaft durch den glücklichsten Einfall von der Welt. Ob das Loch gleich so groß war, so füllte ich's dennoch mit meinem Liebwertesten aus, ohne meine Beinkleider abzuziehen; und ich würde ausgelangt haben, wenn auch die Öffnung noch viel größer gewesen wäre. Sie werden sich darüber nicht wundern, meine Herren, wenn ich Ihnen sage, dass ich auf beiden Seiten von holländischen, wenigstens westfälischen Vorfahren abstamme. Meine Situation, solange ich auf der Brille saß, war zwar ein wenig kühl, indessen ward ich doch bald durch die Kunst des Zimmermannes erlöset.

ACHTES KAPITEL
Drittes Seeabenteuer

EINST WAR ICH IN GROßER GEFAHR, im Mittelländischen Meere umzukommen. Ich badete mich nämlich an einem Sommernachmittage unweit Marseille in der angenehmen See, als ich einen großen Fisch mit weit aufgesperrtem Rachen in der größten Geschwindigkeit auf mich daherschießen sah. Zeit war hier schlechterdings nicht zu verlieren, auch war es durchaus unmöglich, ihm zu entkommen. Unverzüglich drückte ich mich so klein zusammen als möglich, indem ich meine Füße herauszog und die Arme dicht an den Leib schloss. In dieser Stellung schlüpfte ich denn gerade zwischen seinen Kiefern hindurch bis in den Magen hinab.

Hier brachte ich, wie man leicht denken kann, einige Zeit in gänzlicher Finsternis, aber doch in einer nicht unbehaglichen Wärme zu. Da ich ihm nach und nach Magendrücken verursachen mochte, so wäre er mich wohl gern wieder los gewesen. Weil es mir gar nicht an Raume fehlte, so spielte ich ihm durch Tritt und Schritt, durch Hopp und He gar manchen Possen. Nichts schien ihn aber mehr zu beunruhigen als die schnelle Bewegung meiner Füße, da ich's versuchte, einen schottischen Triller zu tanzen. Ganz entsetzlich schrie er auf und erhob sich fast senkrecht mit seinem halben Leibe aus dem Wasser. Hierdurch ward er aber von dein Volke eines vorbeisegelnden italienischen Kauffahrts-Schiffes entdeckt und in wenigen Minuten mit Harpunen erlegt. Sobald er an Bord gebracht war, hörte ich das Volk sich beratschlagen, wie sie ihn aufschneiden wollten, um die größte Quantität Öl von ihm zu gewinnen.

Da ich nun Italienisch verstand, so geriet ich in die schrecklichste Angst, dass ihre Messer auch mich par compagnie mit aufschneiden möchten. Daher stellte ich mich so viel möglich in die Mitte des Magens, worin für mehr als ein Dutzend Mann hinlänglich Platz war, weil ich mir wohl einbilden konnte, dass sie mit den Extremitäten den Anfing machen würden. Meine Furcht verschwand indessen bald, da sie mit Eröffnung des Unterleibes anfingen. Sobald ich nun nur ein wenig Licht schimmern sah, schrie ich ihnen aus voller Lunge entgegen, wie angenehm es mir wäre, die Herren zu sehen und durch sie aus einer Lage erlöset zu werden, in welcher ich beinahe erstickt wäre. Unmöglich lässt sich das Erstaunen auf allen Gesichtern lebhaft genug schildern, als sie eine Menschenstimme aus einem Fische heraus vernahmen. Dies wuchs natürlicherweise noch mehr, als sie lang und breit einen nackenden Menschen herausspazieren sahen. Kurz, meine Herren, ich erzählte ihnen die ganze Begebenheit, so wie ich sie Ihnen jetzt erzählt habe, worüber sie sich denn alle fast zu Tode verwundern wollten.

Nachdem ich einige Erfrischungen zu mir genommen hatte und in die See gesprungen war, um mich abzuspülen, schwamm ich nach meinen Kleidern, welche ich auch am Ufer ebenso wieder fand, als ich sie gelassen hatte. Soviel ich rechnen konnte, war ich ungefähr drittehalb Stunden in dem Magen dieser Bestie eingekerkert gewesen.

NEUNTES KAPITEL
Viertes Seeabenteuer

ALS ICH NOCH IN TÜRKISCHEN DIENSTEN war, belustigte ich mich öfters in einer Lustbarke auf dem Mare di Marmora, von wo man die herrlichste Aussicht auf ganz Konstantinopel, das Seraglio des Groß-sultans mit eingeschlossen, beherrschet. Eines Morgens, als ich die Schönheit und Heiterkeit des Himmels betrachtete, bemerkte ich ein rundes Ding, ungefähr wie eine Billardkugel groß; in der Luft, von welchem noch etwas anderes herunterhing. Ich griff sogleich nach meiner besten und längsten Vogelflinte, ohne welche, wenn ich's ändern kann, ich niemals ausgehe oder ausreise, lud sie mit einer Kugel und feuerte nach dem runden Dinge in der Luft; allein umsonst.

Ich wiederholte den Schuss mit zwei Kugeln, richtete aber noch nichts aus. Erst der dritte Schuss, mit vier oder fünf Kugeln, machte an einer Seite ein Loch und brachte das Ding herab. Stellen Sie sich meine Verwunderung vor, als ein niedlich vergoldeter Wagen, hängend in einem ungeheueren Ballon, größer als die größte Turmkuppel im Umfange, ungefähr zwei Klafter weit von meiner Barke heruntersank. In dem Wagen befand sich ein Mann und ein halbes Schaf, welches gebraten zu sein schien. Sobald sich mein erstes Erstaunen gelegt hatte, schloss ich mit meinen Leuten um diese seltsame Gruppe einen dichten Kreis.

Dem Manne, der wie ein Franzose aussah, welches er denn auch war, hingen aus jeder Tasche ein paar prächtige Uhrketten mit Berlocken, worauf, wie mich dünkt, große Herren und Damen abgemalt waren. Aus jedem Knopfloche hing ihm eine goldene Medaille, wenigstens hundert Dukaten am Wert, und an jeglichem seiner Finger steckte ein kostbarer Ring mit Brillanten. Seine Rocktaschen waren mit vollen Goldbörsen beschwert, die ihn fast zur Erde zogen. Mein Gott, dachte ich, der Mann muss dem menschlichen Geschlechte außerordentlich wichtige Dienste geleistet haben, dass die großen Herren und Damen ganz wider ihre heutzutage so allgemeine Knickernatur ihn so mit Geschenken, die es zu sein schienen, beschweren konnten. Bei allem dem befand er sich denn doch gegenwärtig von dem Falle so übel, dass er kaum imstande war, ein Wort hervorzubringen. Nach einiger Zeit erholte er sich wieder und stattete mir folgenden Bericht ab.

»Dieses Luftfuhrwerk hatte ich zwar nicht Kopf und Wissenschaft genug selbst zu erfinden, dennoch aber mehr denn überflüssige Luftspringer- und Seiltänzerwaghalsigkeit zu besteigen und darauf mehrmals in die Luft emporzufahren. Vor ungefähr sieben oder acht Tagen – denn ich habe meine Rechnung verloren – erhob ich mich damit auf der Landspitze von Cornwall in England und nahm ein Schaf mit, um von oben herab vor den Augen vieler tausend Nachgaffer Kunststücke damit zu machen. Unglücklicherweise drehte sich der Wind innerhalb zehn Minuten nach meinem Hinaufsteigen; und anstatt mich nach Exeter zu treiben, wo ich wieder zu landen gedachte, ward ich hinaus nach der See getrieben, über welcher ich auch vermutlich die ganze Zeit her in der unermesslichen Höhe geschwebt habe.

»Es war gut, dass ich zu meinem Kunststückchen mit dem Schafe nicht hatte gelangen können. Denn am dritten Tage meiner Luftfahrt wurde mein Hunger so groß, dass ich mich genötigt sah, das Schaf zu schlachten. Als ich nun damals unendlich hoch über dem Monde war und nach einer sechzehnstündigen noch weiterer Auffahrt endlich der Sonne so nahe kam, dass ich mir die Augenbrauen versengte, so legte ich das tote Schaf, nachdem ich es vorher abgehäutet, an denjenigen Ort im Wagen, wo die Sonne die meiste Kraft hatte oder, mit andern Worten, wo der Ballon keinen Schatten hinwarf, auf welche Weise es denn in ungefähr drei Viertel Stunden völlig gar briet. Von diesem Braten habe ich die ganze Zeit her gelebt.«

Hier hielt mein Mann ein und schien sich in Betrachtung der Gegenstände um ihn her zu vertiefen. Als ich ihm sagte, dass die Gebäude da vor uns das Seraglio des Großherrn zu Konstantinopel wären, so schien er außerordentlich bestürzt, indem er sich ganz woanders zu befinden geglaubt hatte. »Die Ursache meines langen Fluges, fügte er endlich hinzu, »war, dass mir ein Faden zerriss, der an einer Klappe in dem Luftballe saß und dazu diente, die inflammable Luft herauszulassen. Wäre nun nicht auf den Ball gefeuert und derselbe dadurch aufgerissen worden, so möchte er wohl wie Mahomet bis an den jüngsten Tag zwischen Himmel und Erde geschwebt haben.«

Den Wagen schenkte er hierauf großmütig meinem Bootsmanne, der hinten am Steuer stand. Den Hammelbraten warf er ins Meer. Was aber den Luftball anlangte, so war der von dem Schaden, welchen ich ihm zugefügt hatte, im Herabfallen vollends ganz und gar zu Stücken zerrissen.

ZEHNTES KAPITEL
Fünftes Seeabenteuer

DA WIR NOCH ZEIT HABEN, meine Herren, eine frische Flasche auszutrinken, so will ich Ihnen noch eine andere sehr seltsame Begebenheit erzählen, die mir wenige Monate vor meiner letzten Rückreise nach Europa begegnete. Der Großherr, welchem ich durch die römisch-russisch-kaiserlichen wie auch französischen Botschafter vorgestellt worden war, bediente sich meiner, ein Geschäft von großer Wichtigkeit zu Großkairo zu betreiben, welches zugleich so beschaffen war, dass es immer und ewig ein Geheimnis bleiben musste.

Ich reiste mit großem Pompe in einem sehr zahlreichen Gefolge zu Lande ab. Unterweges hatte ich Gelegenheit, meine Dienerschaft mit einigen sehr brauchbaren Subjekten zu vermehren. Denn als ich kaum einige Meilen weit von Konstantinopel entfernt sein mochte, sah ich einen kleinlichen, schmächtigen Menschen mit großer Schnelligkeit querfeldein daher laufen, und gleichwohl trug das Männchen an jedem Beine ein bleiernes Gewicht, an die fünfzig Pfund schwer. Verwunderungsvoll über diesen Anblick rief ich ihn an und fragte: »Wohin, wohin so schnell, mein Freund? Und warum erschwerst du dir deinen Lauf durch eine solche Last?« »Ich lief«, versetzte der Läufer, »seit einer halben Stunde aus Wien, wo ich bisher bei einer vornehmen Herrschaft in Diensten stand und heute meinen Abschied nahm. Ich gedenke nach Konstantinopel, um daselbst wieder anzukommen. Durch die Gewichte an meinen Beinen habe ich meine Schnelligkeit, die jetzt nicht nötig ist, ein wenig mindern wollen. Denn Moderata durant, pflegte weiland mein Präzeptor zu sagen.«

– Dieser Asahel gefiel mir nicht übel; ich fragte ihn, ob er bei mir in Dienst treten wollte, und er war dazu bereit. Wir zogen hierauf weiter durch manche Stadt, durch manches Land. Nicht fern vom Wege auf einem schönen Grasrain lag mäuschenstill ein Kerl, als ob er schliefe. Allein das tat er nicht. Er hielt vielmehr sein Ohr so aufmerksam zur Erde, als hätte er die Einwohner der untersten Hölle behorchen wollen.

– »Was horchst du da, meinFreund?« – »Ich horche da zum Zeitvertreibe auf das Gras und höre, wie es wächst.« – »Und kannst du das?« – »O Kleinigkeit!« – »So tritt in meine Dienste, Freund, wer weiß, was es bisweilen nicht zu horchen geben kann.« – Mein Kerl sprang auf und folgte mir. Nicht weit davon auf einem Hügel stand mit angelegtem Gewehr ein Jäger und knallte in die blaue, leere Luft. – »Glück zu, Glück zu, Herr Weidmann! Doch wonach schießest du? Ich sehe nichts als blaue, leere Luft.« – »O, ich versuchte nur dies neue Kuchenreuter'sche Gewehr. Dort auf der Spitze des Münsters zu Straßburg saß ein Sperling, den schoss ich eben jetzt herab.«

Wer meine Passion für das edle Weid- und Schützenwerk kennt, den wird es nicht wundernehmen, dass ich dem vortrefflichen Schützen sogleich um den Hals fiel. Dass ich nichts sparte, auch ihn in meine Dienste zu ziehen, versteht sich von selbst. Wir zogen darauf weiter durch manche Stadt, durch manches Land und kamen endlich vor dem Berge Libanon vorbei. Daselbst vor einem großen Zedernwalde stand ein derber, untersetzter Kerl und zog an einem Stricke, der um den ganzen Wald herumgeschlungen war. »Was ziehst du da, mein Freund?« fragte ich den Kerl. – »O, ich soll Bauholz holen und habe meine Axt zu Hause vergessen. Nun muss ich mir so gut helfen, als es angehen will.« Mit diesen Worten zog er in einem Ruck den ganzen Wald, bei einer Quadratmeile groß, wie einen Schilfbusch vor meinen Augen nieder. Was ich tat, das lässt sich raten. Ich hätte den Kerl nicht fahren lassen, und hätte er mir meinen ganzen Ambassadeurgehalt gekostet.

Als ich hierauf fürbass und endlich auf ägyptischen Grund und Boden kam, erhob sich ein so ungeheuerer Sturm, dass ich mit allen meinen Wagen, Pferden und Gefolge schier umgerissen und in die Luft davongeführt zu werden fürchtete. Zur linken Seite unseres Weges standen sieben Windmühlen in einer Reihe, deren Flügel so schnell um ihre Achsen schwirrten als ein Rückenspindel der schnellsten Spinnerin. Nicht weit davon zur Rechten stand ein Kerl von Sir John Falstaffs Korpulenz und hielt sein rechtes Nasenloch mit seinem Zeigefinger zu. Sobald der Kerl unsere Not und uns so kümmerlich in diesem Sturme haspeln sah, drehte er sich halb um, machte Fronte gegen uns und zog ehrerbietig, wie ein Musketier vor seinem Obersten, den Hut vor mir ab. Auf einmal regte sich kein Lüftchen mehr, und alle sieben Windmühlen standen plötzlich still. Erstaunt über diesen Vorfall, der nicht natürlich zuzugehen schien, schrie ich dem Unhold zu: »Kerl, was ist das? Sitzt dir der Teufel im Leibe, oder bist du der Teufel selbst?« – »Um Vergebung, Ihro Exzellenz!«, antwortete mir der Mensch; »ich mache da nur meinem Herrn, dem Windmüller, ein wenig Wind. Um nun die sieben Windmühlen nicht ganz und gar umzublasen, musste ich mir wohl das eine Nasenloch zuhalten.«

– Ei, ein vortreffliches Subjekt! dachte ich in meinem stillen Sinn. Der Kerl lässt sich gebrauchen, wenn du dereinst zu Hause kommst und dir's an Atem fehlt, alle die Wunderdinge zu erzählen, die dir auf deinen Reisen zu Land und Wasser aufgestoßen sind. Wir wurden daher bald des Handels eins. Der Windmacher ließ seine Mühlen stehen und folgte mir.

Nachgerade war's nun Zeit, in Großkairo anzulangen. Sobald ich daselbst meinen Auftrag nach Wunsch ausgerichtet hatte, gefiel es mir, mein ganzes unnützes Gesandtengefolge außer meinen neuangenommenen nützlicheren Subjekten zu verabschieden und mit diesen als ein bloßer Privatmann zurückzureisen. Da nun das Wetter gar herrlich und der berufene Nilstrom über alle Beschreibung reizend war, so geriet ich in Versuchung, eine Barke zu mieten und bis Alexandrien zu Wasser zu reisen. Das ging nun ganz vortrefflich bis in den dritten Tag. Sie haben, meine Herren, vermutlich schon mehrmals von den jährlichen Überschwemmungen des Nils gehört. Am dritten Tage, wie gesagt, fing der Nil ganz unbändig an zu schwellen, und am folgenden Tage war links und rechts das ganze Land viele Meilen weit und breit überschwemmet. Am fünften Tage nach Sonnenuntergang verwickelte sich meine Barke auf einmal in etwas, das ich für Ranken und Strauchwerk hielt.

Sobald es aber am nächsten Morgen heller ward, fand ich mich überall von Mandeln umgeben, welche vollkommen reif und ganz vortrefflich waren. Als wir das Senkblei auswarfen, fand sich, dass wir wenigstens sechzig Fuß hoch über dem Boden schwebten und schlechterdings weder vor noch rückwärts konnten. Ungefähr gegen acht oder neun Uhr, soviel ich aus der Höhe der Sonne abnehmen konnte, erhob sich plötzlicher Wind, der unsere Barke ganz auf eine Seite umlegte. Hierdurch schöpfte sie Wasser, sank unter, und ich hörte und sah in langer Zeit nichts wieder davon, wie Sie gleich vernehmen werden. Glücklicherweise retteten wir uns insgesamt, nämlich acht Männer und zwei Knaben, indem wir uns an den Bäumen festhielten, deren Zweige zwar für uns, allein nicht für die Last unserer Barke hinreichten. In dieser Situation verblieben wir drei Wochen und drei Tage und lebten ganz allein von Mandeln. Dass es am Trunkc nicht fehlte, verstehet sich von selbst. Am zweiundzwanzigsten Tage unsers Unsterns fiel das Wasser wieder ebenso schnell, als es gestiegen war; und am sechsundzwanzigsten konnten wir wieder auf terra firma fußen.

Unsere Barke war der erste angenehme Gegenstand, den wir erblickten. Sie lag ungefähr zweihundert Klafter weit von dem Orte, wo sie gesunken war. Nachdem wir nun alles, was uns nötig und nützlich war, an der Sonne getrocknet hatten, so versahen wir uns mit den Notwendigkeiten aus unserm Schiffsvorrat und machten uns auf, unsere verlorne Straße wieder zu gewinnen. Nach der genauesten Berechnung fand sich, dass wir an die hundertundfünfzig Meilen weit über Gartenwände und mancherlei Gehege hinweggetrieben waren. In sieben Tagen erreichten wir den Fluss, der nun wieder in seinem Bette strömte, und erzählten unser Abenteuer einem Bei. Liebreich half dieser allen unsern Bedürfnissen ab und sendete uns in einer von seinen eigenen Barken weiter. In ungefähr sechs Tagen langten wir zu Alexandrien an, allwo wir uns nach Konstantinopel einschifften. Ich wurde von dem Großherrn überaus gnädig empfangen und hatte die Ehre, seinen Harem zu sehen, wo seine Hoheit selbst mich hineinzuführen und so viele Damen, selbst die Weiber nicht ausgenommen, anzubieten geruhten, als ich mir nur immer zu meinem Vergnügen auslesen wollte.

Mit meinen Liebesabenteuern pflege ich nie großzutun, daher wünsche ich Ihnen, meine Herren,jetzt insgesamt eine angenehme Ruhe.

ELFTES KAPITEL
Sechstes Seeabenteuer

NACH ENDIGUNG DER ÄGYPTISCHEN REISEGESCHICHTE wollte der Baron aufbrechen und zu Bette gehen, gerade als die erschlaffende Aufmerksamkeit jedes Zuhörers bei Erwähnung des großherrlichen Harems in neue Spannung geriet. Sie hätten gar zu gern noch etwas von dem Harem gehört. Da aber der Baron sich durchaus nicht darauf einlassen und gleichwohl der mit Bitten auf ihn losstürmenden muntern Zuhörerschaft nicht alles abschlagen wollte, so gab er noch einige Stückchen seiner merkwürdigen Dienerschaft zum besten und fuhr in seiner Erzählung also fort:

Bei dem Großsultan galt ich seit meiner ägyptischen Reise alles in allem. Seine Hoheit konnten gar ohne mich nicht leben und baten mich jeden Mittag und Abend bei sich zum Essen. Ich muss bekennen, meine Herren, dass der türkische Kaiser unter allen Potentaten auf Erden den delikatesten Tisch führet. Jedoch ist dies nur von den Speisen, nicht aber von dem Getränke zu verstehen, da, wie Sie wissen werden, Mohameds Gesetz seinen Anhängern den Wein verbietet. Auf ein gutes Glas Wein muss man also an öffentlichen türkischen Tafeln Verzicht tun. Was indessen gleich nicht öffentlich geschieht, das geschieht doch nicht selten heimlich; und des Verbots ungeachtet weiß mancher Türk so gut als der beste deutsche Prälat, wie ein gutes Glas Wein schmeckt.

Das war nun auch der Fall mit Seiner türkischen Hoheit. Bei der öffentlichen Tafel, an welcher gewöhnlich der türkische Generalsuperintendent, nämlich der Mufti, in partem salarii mitspeiste und vor Tische das Aller Augen – nach Tische aber das Gratias beten musste, wurde des Weines auch nicht mit einer einzigen Silbe gedacht. Nach aufgehobener Tafel aber wartete auf Seine Hoheit gemeiniglich ein gutes Fläschchen im Kabinette. Einst gab der Großsultan mir einen verstohlenen freundlichen Wink, ihm in sein Kabinett zu folgen.

Als wir uns nun daselbst eingeschlossen hatten, holte er aus einem Schränkchen eine Flasche hervor und sprach: »Münchhausen, ich weiß, ihr Christen versteht euch auf ein gutes Glas Wein. Da habe ich noch ein einziges Fläschchen Tokaier. So delikat müsst Ihr ihn in Eurem Leben nicht getrunken haben.« Hierauf schenkten Seine Hoheit sowohl mir als sich eins ein und stießen mit mir an. – »Nun, was sagt Ihr? Gelt! es ist was Extrafeines?« – »Das Weinchen ist gut, Ihro Hoheit,« erwiderte ich; »allein mit Ihrem Wohlnehmen muss ich doch sagen, dass ich ihn in Wien beim hochseligen Kaiser Karl dem Sechsten weit besser getrunken habe. Potz Stern! den sollten Ihro Hoheit einmal versuchen.« – »Freund Münchhausen, Euer Wort in Ehren! Allein es ist unmöglich, dass irgendein Tokaier besser sei. Denn ich bekam einst nur dies eine Fläschchen von einem ungarischen Kavalier, und er tat ganz verzweifelt rar damit.« – »Possen, Ihro Hoheit! Tokaier und Tokaier ist ein großmächtiger Unterschied. Die Herren Ungarn überschenken sich eben nicht. Was gilt die Wette, so schaffe ich Ihnen in Zeit einer Stunde geradeswegs und unmittelbar aus dem Kaiserlichen Keller eine Flasche Tokaier, die aus ganz andern Augen sehen soll.« – »Münchhausen, ich glaube, Ihr faselt.« – »Ich fasele nicht. Geradewegs aus dem Kaiserlichen Keller in Wien schaffe ich Ihnen in Zeit von einer Stunde eine Flasche Tokaier von einer ganz andern Nummer als dieser Krätzer hier.« – »Münchhausen, Münchhausen! Ihr wollt mich zum besten haben, und das verbitte ich mir. Ich kenne Euch zwar sonst als einen überaus wahrhaften Mann, allein – jetzt sollte ich doch fast denken, Ihr flunkertet.« – »Ei nun, Ihro Hoheit! Es kommt ja auf die Probe an. Erfülle ich nicht mein Wort – denn von allen Aufschneidereien bin ich der abgesagteste Feind –, so lassen Ihro Hoheit mir den Kopf abschlagen. Allein mein Kopf ist kein Pappenstiel. Was setzen Sie mir dagegen?« – »Topp! Ich halte Euch beim Worte. Ist auf den Schlag vier nicht die Flasche Tokaier hier, so kostet's Euch ohne Barmherzigkeit den Kopf. Denn foppen lasse ich mich auch von meinen besten Freunden nicht. Besteht Ihr aber, wie Ihr versprecht, so könnet Ihr aus meiner Schatzkammer so viel an Gold, Silber, Perlen und Edelgesteinen nehmen, als der stärkste Kerl davonzuschleppen vermag.« – »Das lässt sich hören!« antwortete ich, bat mir gleich Feder und Tinte aus und schrieb an die Kaiserin-Königin Maria Theresia folgendes Billett: »Ihre Majestät haben unstreitig als Universalerbin auch Ihres Höchstseligen Herrn Vaters Keller mitgeerbt. Dürfte ich mir wohl durch Vorzeigen dieses eine Flasche von dem Tokaier ausbitten, wie ich ihn bei Ihrem Herrn Vater oft getrunken habe? Allein von dem besten! Denn es gilt eine Wette. Ich diene gern dafür wieder, wo ich kann, und beharre übrigens usw.«

Dies Billett gab ich, weil es schon fünf Minuten über drei Uhr, nur sogleich offen meinem Läufer, der seine Gewichte abschnallen und sich unverzüglich auf die Beine nach Wien machen musste. Hierauf tranken wir, der Großsultan und ich, den Rest von seiner Flasche in Erwartung des bessern vollends aus. Es schlug ein Viertel, es schlug halb, es schlug drei Viertel auf vier, und noch war kein Läufer zu hören und zu sehen. Nachgerade, gestehe ich, fing mir an ein wenig schwül zu werden, denn es kam mir vor, als blickten Seine Hoheit schon bisweilen nach der Glockenschnur, um nach dem Scharfrichter zu klingeln. Noch erhielt ich zwar Erlaubnis, einen Gang hinaus in den Garten zu tun, um frische Luft zu schöpfen, allein es folgten mir auch schon ein paar dienstbare Geister nach, die mich nicht aus den Augen ließen. In dieser Angst, und als der Zeiger schon auf fünfundfünfzig Minuten stand, schickte ich noch geschwind nach meinem Horcher und Schützen.

Sie kamen unverzüglich an, und der Horcher musste sich platt auf die Erde niederlegen, um zu hören, ob nicht mein Läufer endlich ankäme. Zu meinem nicht geringen Schrecken meldete er mir, dass der Schlingel irgendwo, allein weit weg von hier, im tiefsten Schlafe läge und aus Leibeskräften schnarchte. Dies hatte mein braver Schütze nicht so bald gehört, als er auf eine etwas hohe Terrasse lief und, nachdem er sich auf seine Zehen noch mehr emporgereckt hatte, hastig ausrief: »Bei meiner armen Seele! Da liegt der Faulenzer unter einer Eiche bei Belgrad und die Flasche neben ihm. Wart! Ich will dich aufkitzeln.« –

Und hiermit legte er unverzüglich seine Kuchenreutersche Flinte an den Kopf und schoss die volle Ladung oben in den Wipfel des Baumes. Ein Hagel von Eicheln, Zweigen und Blättern fiel herab auf den Schläfer, erweckte und brachte ihn, da er selbst fürchtete, die Zeit beinahe verschlafen zu haben, dermaßen geschwind auf die Beine, dass er mit seiner Flasche und einem eigenhändigen Billett von Maria Theresia um neunundfünfzigundeinehalbe Minuten auf vier Uhr vor des Sultans Kabinette anlangte. Das war ein Gaudium! Ei, wie schlürfte das Großherrliche Leckermaul! – »Münchhausen,« sprach er, »Ihr müsst es mir nicht übelnehmen, wenn ich diese Flasche für mich allein behalte. Ihr steht in Wien besser als ich; Ihr werdet schon an noch mehr zu kommen wissen.«

Hiermit schloss er die Flasche in sein Schränkchen, steckte den Schlüssel in die Hosentasche und klingelte nach dem Schatzmeister. – O welch ein angenehmer Silberton meinen Ohren! – »Ich muss Euch nun die Wette bezahlen. – Hier!« – sprach er zum Schatzmeister, der ins Zimmer trat, – »lasst meinem Freunde Münchhausen so viel aus der Schatzkammer verabfolgen, als der stärkste Kerl wegzutragen vermag.« Der Schatzmeister neigte sich vor seinem Herrn bis mit der Nase zur Erde, mir aber schüttelte der Großsultan ganz treuherzig die Hand, und so ließ er uns beide gehen.

Ich säumte nun, wie Sie denken können, meine Herren, keinen Augenblick, die erhaltene Assignation geltend zu machen, ließ meinen Starken mit seinem langen hänfenen Stricke kommen und verfügte mich in die Schatzkammer. Was da mein Starker, nachdem er sein Bündel geschnürt hatte, übrig ließ, das werden Sie wohl schwerlich holen wollen. Ich eilte mit meiner Beute geradewegs nach dem Hafen, nahm dort das größte Lastschiff, das zu bekommen war, in Beschlag und ging wohlbepackt mit meiner ganzen Dienerschaft unter Segel, um meinen Fang in Sicherheit zu bringen, ehe was Widriges dazwischen-kam. Was ich befürchtet hatte, das geschah. Der Schatzmeister hatte Tür und Tor von der Schatzkammer offen gelassen – und freilich war's nicht groß mehr nötig, sie zu verschließen –, war über Hals und Kopf zum Großsultan gelaufen und hatte ihm Bericht abgestattet, wie vollkommen wohl ich seine Assignation genutzt hatte.

Das war denn nun dem Großsultan nicht wenig vor den Kopf gefahren. Die Reue über seine Übereilung konnte nicht lange ausbleiben. Er hatte daher gleich dem Großadmiral befohlen, mit der ganzen Flotte hinter mir herzueilen und mir zu insinuieren, dass wir so nicht gewettet hätten. Als ich daher noch nicht zwei Meilen weit in die See war, so sah ich schon die ganze türkische Kriegsflotte mit vollen Segeln hinter mir herkommen, und ich muss gestehen, dass mein Kopf, der kaum wieder fest geworden war, nicht wenig von neuem anfing zu wackeln.

Allein nun war mein Windmacher bei der Hand und sprach: »Lassen sich Ihro Exzellenz nicht bange sein!« Er trat hierauf auf das Hinterverdeck meines Schiffes, so dass sein eines Nasenloch nach der türkischen Flotte, das andere aber auf unsere Segel gerichtet war, und blies eine so hinlängliche Portion Wind, dass die Flotte, an Masten, Segel- und Tauwerk gar übel zugerichtet, nicht nur bis in den Hafen zurückgetrieben, sondern auch mein Schiff in wenig Stunden glücklich nach Italien getrieben ward. Von meinem Schatze kam mir jedoch wenig zugute. Denn in Italien ist, trotz der Ehrenrettung des Herrn Bibliothekar Jagemann in Weimar, Armut und Bettelei so groß und die Polizei so schlecht, dass ich erstlich, weil ich vielleicht eine allzu gutwillige Seele bin, den größten Teil an die Straßenbettler ausspenden musste. Der Rest aber wurde mir auf meiner Reise nach Rom auf der geheiligten Flur von Loretto durch eine Bande Straßenräuber abgenommen. Das Gewissen wird diese Herren nicht sehr darüber beunruhigt haben. Denn ihr Fang war noch immer so ansehnlich, dass um den tausendsten Teil die ganze honette Gesellschaft sowohl für sich als ihre Erben und Erbnehmer auf alle vergangenen und zukünftigen Sünden vollkommenen Ablass selbst aus der ersten und besten Hand in Rom dafür erkaufen konnte. –

Nun aber, meine Herren, ist in der Tat mein Schlafstündchen da. Schlafen Sie wohl!

ZWÖLFTES KAPITEL

Siebentes Seeabenteuer nebst authentischer Lebensgeschichte eines Partisans, der nach der Entfernung des Barons als Sprecher auftritt

NACH ENDIGUNG DES VORIGEN ABENTEUERS ließ sich der Baron nicht länger halten, sondern brach wirklich auf und verließ die Gesellschaft in der besten Laune. Doch versprach er erst die Abenteuer seines Vaters, auf die seine Zuhörer noch immer spannten, ihnen nebst manchen andern merkwürdigen Anekdoten bei der ersten besten Gelegenheit zu erzählen.

Als sich nun Jedermann nach seiner Weise über die Unterhaltung herausließ, die er soeben verschafft hatte, so bemerkte einer von der Gesellschaft, ein Partisan des Barons, der ihn auf seiner Reise in die Türkei begleitet hatte, dass unweit Konstantinopel ein ungeheuer großes Geschütz befindlich sei, dessen der Baron Tott in seinen neulich herausgekommenen Denkwürdigkeiten ganz besonders erwähnet. Was er davon meldet, ist, soviel ich mich erinnere, folgendes: »Die Türken hatten unweit der Stadt über der Zitadelle auf dem Ufer des berühmten Flusses Simois ein ungeheueres Geschütz aufgepflanzt. Dasselbe war ganz aus Kupfer gegossen und schoss eine Marmorkugel, wenigstens elfhundert Pfund an Gewicht. Ich hatte große Lust, sagt Tott, es abzufeuern, um erst aus seiner Wirkung gehörig zu urteilen. Alles Volk um mich her zitterte und bebte, weil es sich versichert hielt, dass Schloss und Stadt davon übern Haufen stürzen würden.

Endlich ließ doch die Furcht ein wenig nach, und ich bekam Erlaubnis, das Geschütz abzufeuern. Es wurden nicht weniger als dreihundertunddreißig Pfund Pulver dazu erfordert, und die Kugel wog, wie ich vorhin sagte, elfhundert Pfund. Als der Kanonier mit dem Zünder ankam, zog sich der Haufen, der mich umgab, so weit zurück, als er konnte. Mit genauer Not überredete ich den Bassa, der aus Besorgnis herzukam, dass keine Gefahr zu besorgen sei. Selbst dem Kanonier, der es nach meiner Anweisung abfeuern sollte, klopfte vor Angst das Herz. Ich nahm meinen Platz in einer Mauerschanze hinter dem Geschütz, gab das Zeichen und fühlte einen Stoß wie von einem Erdbeben. In einer Entfernung von dreihundert Klaftern zersprang die Kugel in drei Stücke; diese flogen über die Meerenge, prallten von dem Wasser empor an die gegenseitigen Berge und setzten den ganzen Kanal, so breit er war, in einen Schaum.«

Dies, meine Herren, ist, soviel ich mich erinnere, Baron Totts Nachricht von der größten Kanone in der bekannten Welt. Als nun der Herr von Münchhausen und ich jene Gegend besuchten, wurde die Abfeuerung dieses ungeheueren Geschützes durch den Baron Tott uns als ein Beispiel der außerordentlichen Herzhaftigkeit dieses Herrn erzählt.

Mein Gönner, der es durchaus nicht vertragen konnte, dass ein Franzose ihm etwas zuvorgetan haben sollte, nahm ebendieses Geschütz auf seine Schulter, sprang, als er's in seine eigentliche waagrechte Lage gebracht hatte, geradewegs ins Meer und schwamm damit an die gegenseitige Küste. Von dort aus versuchte er unglücklicherweise die Kanone auf ihre vorige Stelle zurückzuwerfen. Ich sage, unglücklicherweise! Denn sie glitt ihm ein wenig zu früh aus der Hand, gerade als er zum Wurf ausholte. Hierdurch geschah es denn, dass sie mitten in den Kanal fiel, wo sie nun noch liegt und wahrscheinlich bis an den jüngsten Tag liegen bleiben wird.

Dies, meine Herren, war es eigentlich, womit es der Herr Baron bei dem Großsultan ganz und gar verdarb. Die Schatzhistorie, der er vorhin seine Ungnade beimaß, war längst vergessen. Denn der Großsultan hat ja genug einzunehmen und konnte seine Schatzkammer bald wieder füllen. Auch befand der Herr Baron auf eine eigenhändige Wiedereinladung des Großsultans sich erst jetzt zum letzten Male in der Türkei und wäre vielleicht wohl noch da, wenn der Verlust dieses berechtigten Geschützes den grausamen Türken nicht so aufgebracht hätte, dass er nun unwiderruflich den Befehl gab, dem Baron den Kopf abzuschlagen. Eine gewisse Sultanin aber, von welcher er ein großer Liebling geworden war, gab ihm nicht nur unverzüglich von diesem blutgierigen Vorhaben Nachricht, sondern verbarg ihn auch so lange in ihrem eigenen Gemache, als der Offizier, dem die Exekution aufgetragen war, mit seinen Helfershelfern nach ihm suchte. In der nächstfolgenden Nacht flüchteten wir an den Bord eines nach Venedig bestimmten Schiffes, welches gerade im Begriffe war unter Segel zu gehen, und kamen glücklich davon.

Dieser Begebenheit erwähnt der Baron nicht gern, weil ihm da sein Versuch misslang und er noch dazu um ein Haar sein Leben obendrein verloren hätte. Da sie gleichwohl ganz und gar nicht zu seiner Schande gereicht, so pflege ich sie wohl bisweilen hinter seinem Rücken zu erzählen.

Nun, meine Herren, kennen Sie insgesamt den Herrn Baron von Münchhausen und werden hoffentlich an seiner Wahrhaftigkeit im mindesten nicht zweifeln. Damit Ihnen aber auch kein Zweifel gegen die meinige zu Kopfe steige, ein Umstand, den ich so schlechtweg eben nicht voraussetzen mag, so muss ich Ihnen doch ein wenig sagen, wer ich bin. Mein Vater, oder wenigstens derjenige, welcher dafür gehalten wurde, war von Geburt ein Schweizer aus Bern. Er führte daselbst eine Art von Oberaufsicht über Straßen, Alleen, Gassen und Brücken. Diese Beamten heißen dortzulande – hm! – Gassenkehrer. Meine Mutter war aus den savoyischen Gebirgen gebürtig und trug einen überaus schönen großen Kropf am Halse, der bei den Damen jener Gegend etwas sehr Gewöhnliches ist. Sie verließ ihre Eltern sehr jung und ging ihrem Glücke in ebender Stadt nach, wo mein Vater das Licht der Welt erblickt hatte. Solange sie noch ledig war, gewann sie ihren Unterhalt durch allerlei Liebeswerke an unserm Geschlechte. Denn man weiß, dass sie es niemals abschlug, wenn man sie um eine Gefälligkeit ansprach und besonders ihr mit gehöriger Höflichkeit in der Hand zuvorkam.

Dieses liebenswürdige Paar begegnete einander von ungefähr auf der Straße, und da sie beiderseits ein wenig berauscht waren, so taumelten sie gegeneinander und taumelten sich alle beide über den Haufen. Wie sich nun bei dieser Gelegenheit ein Teil immer noch unnützer machte als der andere und das Ding zu laut wurde, so wurden sie alle beide erst in die Scharwache, hernach aber in das Zuchthaus geschleppt. Hier sahen sie bald die Torheit ihrer Zänkerei ein, machten alles wieder gut, verliebten sich und heirateten einander. Da aber meine Mutter zu ihren alten Streichen zurückkehrte, so trennte mein Vater, der gar hohe Begriffe von Ehre hatte, sich ziemlich bald von ihr und wies ihr die Revenüen von einem Tragkorbe zu ihrem künftigen Unterhalte an. Sie vereinigte sich hierauf mit einer Gesellschaft, die mit einem Puppenspiel umherzog. Mit der Zeit führte sie das Schicksal nach Rom, wo sie eine Austerbude hielt.

Sie haben unstreitig insgesamt von dem Papst Ganganelli oder Clemens XIV., und wie gern dieser Herr Austern aß, gehört. Eines Freitags, als derselbe in großem Pompe nach der St. Peterskirche zur hohen Messe durch die Stadt zog, sah er meiner Mutter Austern (welche, wie sie mir oft erzählt hat, ausnehmend schön und frisch waren) und konnte unmöglich vorüberziehen, ohne sie zu versuchen. Nun waren zwar mehr als fünftausend Personen in seinem Gefolge; nichtsdestoweniger aber ließ er sogleich alles stillhalten und in die Kirche sagen, er könnte vor morgen das Hochamt nicht halten. Sodann sprang er vom Pferde – denn die Päpste reiten allemal bei solchen Gelegenheiten –, ging in meiner Mutter Laden, aß erst alles auf, was von Austern daselbst vorhanden war, und stieg hernach mit ihr in den Keller hinab, wo sie noch mehr hatte.

Dieses unterirdische Gemach war meiner Mutter Küche, Visitenstube und Schlafkammer zugleich. Hier gefiel es ihm so wohl, dass er alle seine Begleiter fortschickte. Kurz, Seine Heiligkeit brachten die ganze Nacht dort mit meiner Mutter zu. Ehe dieselben am andern Morgen wieder fortgingen, erteilten Sie ihr vollkommenen Ablass, nicht allein für jede Sünde, die sie schon auf sich hatte, sondern auch für alle diejenigen, womit sie sich etwa künftig noch zu befassen Lust haben möchte. Nun, meine Herren, habe ich darauf das Ehrenwort meiner Mutter – und wer könnte wohl eine solche Ehre bezweifeln? –, dass ich die Frucht jener Austernacht bin.

DREIZEHNTES KAPITEL
Fortgesetzte Erzählung des Freiherrn

DER BARON WURDE, wir man sich leicht vorstellen kann, bei jeder Gelegenheit gebeten, seinem Versprechen gemäß in der Erzählung seiner ebenso lehrreichen als unterhaltenden Abenteuer fortzufahren; allein geraume Zeit waren alle Bitten vergebens. Er hatte die sehr löbliche Gewohnheit, nichts gegen seine Laune zu tun, und die noch löblichere, durch nichts von diesem Grundsatze sich abbringen zu lassen. Endlich aber erschien der lange gewünschte Abend, an dem ein heiteres Lächeln, mit dem er die Aufforderungen seiner Freunde anhörte, die sichere Vorbedeutung gab, dass sein Genius ihm gegenwärtig sei und ihre Hoffnungen erfüllen werde. »Conticuere omnes, intentique ora tenebant«, und Münchhausen begann vom hochbepolsterten Sofa:

Während der letzten Belagerung von Gibraltar segelte ich mit einer Proviantflotte unter Lord Rodneys Kommando nach dieser Festung, um meinen alten Freund, den General Elliot, zu besuchen, der durch die ausgezeichnete Verteidigung dieses Platzes sich Lorbeern erworben hat, die nie verwelken können. Sobald die erste Hitze der Freude, die immer mit dem Wiedersehen alter Freunde verbunden ist, sich etwas abgekühlt hatte, ging ich in Begleitung des Generals in der Festung umher, um den Zustand der Besatzung und die Anstalten des Feindes kennen zu lernen. Ich hatte aus London ein sehr vortreffliches Spiegelteleskop, das ich von Dollond gekauft hatte, mitgebracht. Durch Hülfe desselben fand ich, dass der Feind gerade im Begriff war, einen Sechsunddreißigpfünder auf den Fleck abzufeuern, auf dem wir standen. Ich sagte dies dem General; er sah auch durch das Perspektiv und fand meine Mutmaßung richtig. Auf seine Erlaubnis ließ ich sogleich einen Achtundvierzigpfünder von der nächsten Batterie bringen und richtete ihn – denn was Artillerie betrifft, habe ich, ohne mich zu rühmen, meinen Meister noch nicht gefunden – so genau, dass ich meines Zieles vollkommen gewiss war.

Nun beobachtete ich die Feinde auf das schärfste, bis ich sah, dass sie die Zündrute an das Zündloch ihres Stückes legten, und in demselben Augenblicke gab ich das Zeichen, dass unsere Kanone gleichfalls abgefeuert werden sollte. Ungefähr auf der Mitte des Weges schlugen die beiden Kugeln mit fürchterlicher Stärke gegeneinander, und die Wirkung davon war erstaunend. Die feindliche Kugel prallte mit solcher Heftigkeit zurück, dass sie nicht nur dem Manne, der sie abgeschossen hatte, rein den Kopf wegnahm, sondern auch noch sechzehn andere Köpfe vom Rumpfe schnellte, die ihr auf ihrem Fluge nach der afrikanischen Küste im Wege standen.

Ehe sie aber nach der Barbarei kam, fuhr sie durch die Hauptmaste von drei Schiffen, die eben in einer Linie hintereinander im Hafen lagen; und dann flog sie noch gegen zweihundert englische Meilen in das Land hinein, schlug zuletzt durch das Dach einer Bauerhütte, brachte ein altes Mütterchen, die mit offenem Munde auf dem Rücken lag und schlief, um die wenigen Zähne, die ihr noch übrig waren, und blieb endlich in der Kehle des armen Weibes stecken. Ihr Mann, der bald darauf nach Hause kam, versuchte die Kugel herauszuziehen; da er dies aber unmöglich fand, so entschloss er sich kurz und stieß sie ihr mit einem Rammer in den Magen hinunter, aus dem sie dann auf dem natürlichen Wege unterwärts abging.

Unsere Kugel tat vortreffliche Dienste. Sie trieb nicht nur die andere auf die eben beschriebene Weise zurück, sondern setzte auch, meiner Absicht gemäß, ihren Weg fort, hob dieselbe Kanone, die gerade gegen uns gebraucht worden war, von der Lafette und warf sie mit solcher Heftigkeit in den Kielraum eines Schiffes, dass sie sogleich den Boden desselben durchschlug. Das Schiff schöpfte Wasser und sank mit tausend spanischen Matrosen und einer beträchtlichen Anzahl Soldaten, die sich auf demselben befanden, unter. – Dies war gewiss eine höchst außerordentliche Tat. Ich verlange indes keineswegs sie ganz auf die Rechnung meines Verdienstes zu setzen. Meiner Klugheit kommt freilich die Ehre der ersten Erfindung zu, aber der Zufall unterstützte sie einigermaßen. Ich fand nämlich nachher, dass unser Achtundvierzigpfünder durch ein Versehen auf eine doppelte Portion Pulver gesetzt war, wodurch allein seine unerwartete Wirkung vorzüglich in Absicht der zurückgeworfenen feindlichen Kugel begreiflich wird.

General Elliot bot mir für diesen ausnehmenden Dienst eine Offiziersstelle an; ich lehnte aber alles ab und begnügte mich mit seinem Danke, den er mir denselben Abend an der Tafel in Gegenwart aller Offiziere auf die ehrenvollste Weise abstattete.

Da ich sehr für die Engländer eingenommen bin, weil sie unstreitig ein vorzüglich braves Volk sind, so machte ich mir es zum Gesetze, die Festung nicht zu verlassen, bis ich ihnen noch einen Dienst würde geleistet haben; und in ungefähr drei Wochen bot sich mir eine gute Gelegenheit dazu dar. Ich kleidete mich wie ein katholischer Priester, schlich um ein Uhr des Morgens mich aus der Festung weg und kam glücklich durch die Linien der Feinde mitten in ihrem Lager an. Dort ging ich in das Zelt, in welchem der Graf von Artois mit dem ersten Befehlshaber und verschiedenen andern Offizieren einen Plan entwarfen, die Festung den nächsten Morgen zu stürmen. Meine Verkleidung war mein Schutz. Niemand wies mich zurück, und ich konnte ungestört alles anhören, was vorging.

Endlich begaben sie sich zu Bette, und nun fand ich das ganze Lager, selbst die Schildwachen, in dem tiefsten Schlafe begraben. Sogleich fing ich meine Arbeit an, hob alle ihre Kanonen, über dreihundert Stück, von den Achtundvierzigpfündern bis zu den Vierundzwanzigpfündern herunter, von den Lafetten und warf sie drei Meilen weit in die See hinaus. Da ich ganz und gar keine Hilfe hatte, so war dies das schwerste Stück Arbeit, das ich je unternommen hatte, eines etwa ausgenommen, das, wie ich höre, Ihnen neulich in meiner Abwesenheit einer meiner Bekannten zu erzählen für gut fand, da ich nämlich mit den ungeheuren, von dem Baron von Tott beschriebenen türkischen Geschütze an das gegenseitige Ufer des Meeres schwamm. – Sobald ich damit fertig war, schleppte ich alle Lafetten und Karren in die Mitte des Lagers, und damit das Rasseln der Räder kein Geräusch machen möchte, so trug ich sie paarweise unter meinen Armen zusammen. – Ein herrlicher Haufe war es, wenigstens so hoch als der Felsen von Gibraltar. – Dann schlug ich mit dem abgebrochenen Stücke eines eisernen Achtundvierzigpfünders an einem Kiesel, der zwanzig Fuß unter der Erde in einer noch von den Arabern gebauten Mauer steckte, Feuer, zündete eine Lunte an und setzte den ganzen Haufen in Brand. Ich vergaß Ihnen zu sagen, dass ich erst noch obenauf alle Kriegsvorratswagen geworfen hatte.

Was am brennbarsten war, hatte ich klüglich unten hingelegt, und so war nun in einem Augenblicke alles eine lichterlohe Flamme. Um allem Verdacht zu entgehen, war ich einer der ersten, der Lärmen machte. Das ganze Lager geriet, wie Sie sich vorstellen können, in das schrecklichste Erstaunen, und der allgemeine Schluss war, dass die Schildwachen bestochen und sieben oder acht Regimenter aus der Festung zu dieser gräulichen Zerstörung ihrer Artillerie gebraucht worden wären. Herr Drinkwater erwähnt in seiner Geschichte dieser berühmten Belagerung eines großen Verlustes, den die Feinde durch einen im Lager entstandenen Brand erlitten hätten, weiß aber im geringsten nicht die Ursache desselben anzugeben. Und das konnte er auch nicht; denn ich entdeckte die Sache noch keinem Menschen (obgleich ich allein durch die Arbeit dieser Nacht Gibraltar rettete), selbst dem General Elliot nicht. Der Graf von Artois lief nebst allen seinen Leuten im ersten Schrecken davon, und ohne einmal stillezuhalten, liefen sie ungefähr vierzehn Tage in einem fort, bis sie Paris erreichten. Auch machte die Angst, die sich ihrer bei diesem fürchterlichen Brande bemächtigt hatte, dass sie drei Monate nicht imstande waren, die geringste Erfrischung zu genießen, sondern chamäleonmäßig bloß von der Luft lebten.

Etwa zwei Monate, nachdem ich den Belagerten diesen Dienst getan hatte, saß ich eines Morgens mit dem General Elliot beim Frühstücke, als auf einmal eine Bombe (denn ich hatte nicht Zeit, ihre Mörser ihren Kanonen nachzuschicken) in das Zimmer flog und auf den Tisch niederfiel. Der General, wie fast jeder getan haben würde, verließ das Zimmer augenblicklich, ich aber nahm die Bombe, ehe sie sprang, und trug sie auf die Spitze des Felsen. Von hier aus sah ich auf einem

Hügel der Seeküste unweit des feindlichen Lagers eine ziemliche Menge Leute, konnte aber mit bloßen Augen nicht entdecken, was sie vorhatten. Ich nahm also mein Teleskop zu Hülfe und fand nun, dass zwei von unseren Offizieren, einer ein General und der andere ein Oberster, die noch den vorigen Abend mit mir zugebracht und sich um Mitternacht als Spione in das spanische Lager geschlichen hatten, dem Feinde in die Hände gefallen waren und eben gehängt werden sollten. Die Entfernung war zu groß, als dass ich die Bombe aus freier Hand hätte hinwerfen können.

Glücklicherweise fiel mir bei, dass ich die Schleuder in der Tasche hatte, die David weiland so vorteilhaft gegen den Riesen Goliath gebrauchte. Ich legte meine Bombe hinein und schleuderte sie sogleich mitten in den Kreis. Sowie sie niederfiel, sprang sie auch und tötete alle Umstehenden, ausgenommen die beiden englischen Offiziere, die zu ihrem Glücke gerade in die Höhe gezogen waren. Ein Stück der Bombe flog indessen gegen den Fuß des Galgens, der dadurch sogleich umfiel. Unsere beiden Freunde fühlten kaum terra firma, als sie sich nach dem Grunde dieser unerwarteten Katastrophe umsahen, und da sie fanden, dass Wache, Henker und alles den Einfall gekriegt hatte, zuerst zu sterben, so machten sie einander von ihren unbehaglichen Stricken los, liefen nach dem Seeufer, sprangen in ein spanisches Boot und nötigten die beiden Leute, die darin waren, sie nach einem unserer Schiffe zu rudern. Wenige Minuten nachher, da ich gerade dem General Elliot die Sache erzählte, kamen sie glücklich an, und nach gegenseitigem Erklärungen und Glückwünschen feierten wir diesen merkwürdigen Tag auf die froheste Art von der Welt.

Sie wünschen alle, meine Herren, ich sehe es Ihnen an den Augen an, zu hören, wie ich an einen so großen Schatz, als die gedachte Schleuder war, gekommen sei. Wohl! die Sache hängt so zusammen. Ich stamme, müssen Sie wissen, von der Frau des Urias ab, mit der David bekanntlich in sehr enger Verbindung lebte. Mit der Zeit aber – wie dies manchmal der Fall ist – wurden Seine Majestät merklich kälter gegen die Gräfin, denn dazu wurde sie im ersten Vierteljahre nach ihres Mannes Tod gemacht. Sie zankten sich einmal über einen sehr wichtigen Punkt, nämlich über den Fleck, wo Noahs Arche gebaut wurde und wo sie nach der Sündflut stehen blieb. Mein Stammvater wollte für einen großen Altertumskundigen gelten, und die Gräfin war Präsidentin einer historischen Sozietät. Dabei hatte er die Schwäche mehrerer großen Herren und fast aller kleinen Leute, er konnte keinen Widerspruch ertragen; und sie hatte den Fehler ihres Geschlechts, sie wollte in allen Dingen recht behalten; kurz, es erfolgte eine Trennung. Sie hatte ihn oft von jener Schleuder als einem sehr großen Schatze sprechen hören und fand für gut, sie, zum Andenken wahrscheinlich, mitzunehmen.

Ehe sie aber noch aus seinen Staaten war, wurde die Schleuder vermisst, und nicht weniger als sechs Mann von der Leibwache des Königs setzten ihr nach. Sie bediente sich indes des mitgenommenen Instruments so gut, dass sie einen ihrer Verfolger, der sich durch seinen Diensteifer vielleicht heben wollte und daher etwas vor den andern voraus war, gerade auf den Fleck traf, wo Goliath seine tödliche Quetschung gekriegt hatte. Als seine Gefährten ihn tot zur Erde stürzen sahen, hielten sie es nach langer weiser Überlegung für das beste, diesen neu eingetretenen Umstand fürs erste gehörigen Ortes zu melden, und die Gräfin hielt es für das beste, mit untergelegten Pferden ihre Reise nach Ägypten fortzusetzen, wo sie sehr angesehene Freunde am Hofe hatte.

— Ich hätte Ihnen vorher schon sagen sollen, dass sie von mehreren Kindern, die Seine Majestät mit ihr zu zeugen geruhet hatten, bei ihrer Entfernung einen Sohn, der ihr Liebling war, mit sich nahm. Da diesem das fruchtbare Ägypten noch einige Geschwister gab, so vermachte sie ihm durch einen besondern Artikel ihres Testamentes die berühmte Schleuder; und von ihm kam sie in meist gerader Linie endlich auf mich.

Einer ihrer Besitzer, mein Ururgroßvater, der vor ungefähr zweihundertundfünfzig Jahren lebte, wurde bei einem Besuche, den er in England machte, mit einem Dichter bekannt, der zwar nichts weniger als Plagiarius, aber ein desto größerer Wilddieb war und Shakespeare hieß. Dieser Dichter, in dessen Schriften jetzt, zur Wiedervergeltung vielleicht, von Engländern und Deutschen abscheulich gewilddiebt wird, borgte manchmal diese Schleuder und tötete damit so viel von Sir Thomas Lucys Wildbret, dass er mit genauer Not dem Schicksale meiner zwei Freunde zu Gibraltar entging. Der arme Mann wurde ins Gefängnis geworfen, und mein Ältervater bewirkte seine Freiheit auf eine ganz besondere Art.

Die Königin Elisabeth, die damals regierte, wurde, wie Sie wissen, in ihren letzten Jahren ihrer selbst überdrüssig. Ankleiden, Auskleiden, Essen, Trinken und manches andere, was ich nicht zu nennen brauche, machten ihr das Leben zur unerträglichen Last. Mein Ältervater setzte sie in den Stand, alles dies nach ihrer Willkür ohne oder durch einen Stellvertreter zu tun. Und was meinen Sie, dass er für dieses ganz unvergleichliche Meisterstück magischer Kunst sich ausbat? – Shakespeares Freiheit. – Weiter konnte ihm die Königin nicht das geringste aufdringen. Die ehrliche Haut hatte diesen großen Dichter so lieb gewonnen, dass er gern von der Anzahl seiner Tage etwas abgegeben hätte, um das Leben seines Freundes zu verlängern.

Übrigens kann ich Ihnen, meine Herren, versichern, dass die Methode der Königin Elisabeth, gänzlich ohne Nahrung zu leben, so originell sie auch war, bei ihren Untertanen sehr wenig Beifall gefunden hat, am wenigsten bei den beef-eaters, wie man sie gewöhnlich noch heutigentages nennt. Sie überlebte aber selbst ihre neue Sitte nicht über achthalb Jahr.

Mein Vater, von dem ich diese Schleuder kurz vor meiner Reise nach Gibraltar geerbt habe, erzählte mir folgende merkwürdige Anekdote, die auch seine Freunde öfters von ihm gehört haben und an deren Wahrheit niemand zweifeln wird, der den ehrlichen Alten gekannt hat. »Ich hielt mich«, sagte er, »bei meinen Reisen geraume Zeit in England auf und ging einstens an dem Ufer der See unweit Harwich spazieren. Plötzlich kam ein grimmiges Seepferd in äußerster Wut auf mich los. Ich hatte nichts als die Schleuder bei mir, mit der ich dein Tier so geschickt zwei Kieselsteine gegen den Kopf warf, dass ich mit jedem ein Auge des Ungeheuers einschlug. Darauf stieg ich auf seinen Rücken und trieb es in die See; denn in demselben Augenblick, in dem es sein Gesicht verlor, verlor es auch seine Wildheit und wurde so zahm als möglich. Meine Schleuder legte ich ihm statt des Zaumes in den Mund und ritt es nun mit der größten Leichtigkeit durch den Ozean hin. In weniger als drei Stunden kamen wir beide an dem entgegengesetzten Ufer an, welches doch immer eine Strecke von ungefähr dreißig Seemeilen ist. Zu Helvoetsluys verkaufte ich es für siebenhundert Dukaten an den Wirt zu den drei Kelchen, der es als ein äußerst seltenes Tier sehen ließ und sich schönes Geld damit machte.« – Jetzt findet man eine Abbildung davon im Buffon. – »So sonderbar die Art meiner Reise war,« fuhr mein Vater fort, »so waren doch die Bemerkungen und Entdeckungen, die ich auf derselben machte, noch viel außerordentlicher.

Das Tier, auf dessen Rücken ich saß, schwamm nicht, sondern lief mit unglaublicher Geschwindigkeit auf dem Grunde des Meeres weg und trieb Millionen von Fischen vor sich her, von denen viele ganz verschieden von den gewöhnlichen waren. Einige hatten den Kopf in der Mitte des Leibes, andere an der Spitze des Schwanzes. Einige saßen in einem großen Zirkel beisammen und sangen unaussprechlich schöne Chöre; andere bauten aus bloßem Wasser die prächtigsten durchsichtigen Gebäude auf, die mit kolossalischen Säulen umgeben waren, in welchen eine Materie, die ich für nichts anders als für das reinste Feuer halten konnte, in den angenehmsten Farben und in den reizendsten wellenförmigen Bewegungen hin und wieder lief.

Verschiedene Zimmer dieser Gebäude waren auf eine sehr sinnreiche und bequeme Art zur Begattung der Fische eingerichtet; in andern wurde der zarte Laich gepflegt und gewartet; und eine Reihe weitläufiger Säle war zur Erziehung der jungen Fische bestimmt. Das Äußere der Methode, die hier beobachtet wurde – denn das Innere derselben verstand ich natürlicherweise ebenso wenig als den Gesang der Vögel oder die Dialogen der Heuschrecken –, hatte so auffallende Ähnlichkeit mit dem, was ich in meinem Alter in den sogenannten Philanthropinen und dergleichen Anstalten eingeführt fand, dass ich ganz gewiss bin, einer ihrer angeblichen Erfinder hat eine der meinigen ähnliche Reise gemacht und seine Ideen mehr aus dem Wasser geholt als aus der Luft gegriffen. Übrigens sehen Sie aus dem wenigen, was ich Ihnen gesagt habe, dass noch manches ungenutzt, noch manche Spekulation übrig ist. – Doch ich fahre in meiner Erzählung fort.

»Ich kam unter andern über eine ungeheuere Gebirgskette hin, die wenigstens so hoch war als die Alpen. An der Seite der Felsen war eine Menge großer Bäume von mannigfaltiger Art. Auf diesen wuchsen Hummer, Krebse, Austern, Kammaustern, Muscheln, Seeschnecken usw., von denen bisweilen ein einziges Stück eine Ladung für einen Frachtwagen war, und an der kleinsten hätte ein Lastträger zu schleppen gehabt. – Alles, was von der Art an die Ufer geworfen und auf unsern Märkten verkauft wird, ist elendes Zeug, das das Wasser von den Ästen abschlägt, ungefähr so wie das kleine schlechte Obst, das der Wind von den Bäumen herunterweht. – Die Hummerbäume schienen am vollsten zu sitzen; die Krebs- und Austernbäume aber waren die größten. Die kleinen Seeschnecken wachsen auf einer Art von Sträuchern, die immer an dem Fuß der Austernbäume stehen und sich fast so wie der Efeu an der Eiche an ihnen hinaufwinden.

Auch bemerkte ich eine sehr sonderbare Wirkung eines untergegangenen Schiffes. Dies war, wie mir schien, gegen die Spitze eines Felsen, der nur drei Klafter unter der Oberfläche des Wassers war, gestoßen und beim Sinken umgeschlagen. Dadurch stürzte es auf einen großen Hummerbaum und stieß verschiedene Hummer ab, die auf einen darunter stehenden Krebsbaum fielen. Weil die Sache nun wahrscheinlich im Frühjahre geschah und die Hummer noch ganz jung waren, so vereinigten sie sich mit den Krebsen und brachten eine neue Frucht hervor, die mit beiden Ähnlichkeit hat. Ich versuchte der Seltenheit wegen ein Stück davon mitzunehmen, aber teils war es mir zu beschwerlich, teils wollte mein Pegasus nicht gerne stillhalten; auch hatte ich schon über die Hälfte meines Weges zurückgelegt und war gerade in einem Tale wenigstens fünfhundert Klafter unter der Meeresfläche, wo ich den Mangel der Luft allmählich etwas unbequem fand. Übrigens war meine Lage auch in andern Rücksichten nicht die angenehmste. Ich begegnete von Zeit zu Zeit großen Fischen, die, soviel ich aus ihren offenen Rachen abnehmen konnte, eben nicht ungeneigt waren, uns beide zu verschlingen. Nun war meine arme

Rosinante blind, und es beruhte einzig auf meiner vorsichtigen Führung, dass ich den menschenfreundlichen Absichten dieser hungrigen Herren entging. Ich galoppierte also weidlich zu und suchte so bald wie möglich wieder trockenes Land zu gewinnen.

»Als ich dem holländischen Ufer schon ziemlich nahe war und das Wasser über meinem Kopfe keine zwanzig Klafter mehr hoch sein mochte, so kam es mir vor, als läge eine menschliche Gestalt in weiblicher Kleidung vor mir auf dein Sande. Ich glaubte einige Zeichen des Lebens an ihr zu bemerken, und als ich näher kam, sah ich auch wirklich, dass sie ihre Hand bewegte. Ich fasste diese an und brachte die Person als eine anscheinende Leiche mit mir an das Ufer.

Ob man nun gleich damals in der Kunst Tote zu erwecken noch nicht so weit gekommen war, dass man so wie in unseren Tagen auf jeder Dorfschenke eine Anweisung vorfand, Ertrunkene wieder aus dem Reiche der Schatten zurückzurufen, so gelang es doch den klugen und unermüdeten Bemühungen eines dortigen Apothekers, den kleinen Funken des Lebens, den er in dieser Frau noch übrig fand, wieder anzumachen. Sie war die teuere Hälfte eines Mannes, der ein nach Helvoetsluys gehöriges Schiff kommandierte und kurz vorher aus dem Hafen abgefahren war. Unglücklicherweise hatte er in der Eile eine andere Person anstatt seiner Frau mitgenommen. Dies wurde ihr sogleich von einer der wachsamen Schutzgöttinnen des häuslichen Friedens hinterbracht, und weil sie fest überzeugt war, dass die Rechte des Ehebettes zu Wasser so gültig wären als zu Lande, so fuhr sie ihm wütend von Eifersucht in einem offenen Boote nach und suchte, sobald sie auf das Oberlof seines Schiffes gekommen war, nach einer kurzen unübersetzbaren Anrede, ihre Gerechtsame auf eine so triftige Art zu beweisen, dass ihr lieber Getreuer es für ratsam fand, ein paar Schritte zurückzutun. Die traurige Folge davon war, dass ihre knöcherne Rechte den Eindruck, der den Ohren ihres Mannes zugedacht war, auf die Wellen machte, und da diese noch nachgebender waren als er, so fand sie erst auf dem Grunde der See den Widerstand, den sie suchte. – Hier brachte mich nun mein Unstern mit ihr zusammen, um ein glückliches Paar auf Erden mehr zu machen.

»Ich kann mir leicht vorstellen, was für Segenswünsche mir ihr Herr Gemahl nachgeschickt hat, als er bei seiner Rückkunft fand, dass sein zärtliches Weibchen, durch mich gerettet, seiner harre. Indes so schlimm auch immer der Streich sein mag, den ich dem armen Teufel gespielt habe, so war mein Herz doch außer aller Schuld. Der Bewegungsgrund meiner Handlung war reine, klare Menschenliebe, obgleich, wie ich nicht leugnen kann, die Folgen davon für ihn schrecklich sein mussten.«

Und so weit, meine Herren, geht die Erzählung meines Vaters, an die ich durch die berühmte Schleuder erinnert wurde, die leider, nachdem sie sich so lange bei meiner Familie erhalten und ihr viele wichtige Dienste geleistet hatte, in dem Rachen des Seepferdes ihren Rest gekriegt zu haben scheint. Wenigstens habe ich den einzigen Gebrauch davon gemacht, den ich Ihnen erzählt habe, dass ich den Spaniern eine ihrer Bomben uneröffnet wieder zurückschickte und dadurch meine zwei Freunde vom Galgen rettete. Bei dieser edlen Anwendung wurde meine Schleuder, die vorher schon etwas mürbe war, vollends aufgeopfert. Das größte Teil davon flog mit der Bombe weg, und das übrige kleine Stückchen, das mir in der Hand blieb, liegt jetzt in unserm Familienarchiv, wo es nebst mehreren wichtigen Altertümern zu ewigem Andenken aufbewahret wird.

Bald darauf verließ ich Gibraltar wieder und kehrte nach England zurück. Dort begegnete mir einer der sonderbarsten Streiche meines ganzen Lebens. Ich musste nach Wapping hinuntergehen, um verschiedene Sachen einschiffen zu sehen, die ich einigen meiner Freunde in Hamburg schicken wollte, und als ich damit fertig war, nahm ich meinen Rückweg über den Tower Wharf. Es war Mittag; ich war schrecklich müde, und die Sonne wurde mir so lästig, dass ich in eine von den Kanonen hineinkroch, um dort ein bisschen auszuruhen. Kaum war ich darin, so fiel ich auch sogleich in den tiefsten Schlaf. Nun war es gerade der vierte Junius, und um ein Uhr wurden alle Kanonen zum Andenken dieses Tages abgefeuert. Sie waren am Morgen geladen, und da niemand mich hier vermuten konnte, so wurde ich über die Häuser an der entgegengesetzten Seite des Flusses weg in den Hof eines Pächters zwischen Berinondsey und Deptford geschossen. Hier fiel ich auf einen großen Heuhaufen nieder und blieb – wie aus der großen Betäubung leicht begreiflich wird –, ohne aufzuwachen, liegen. Ungefähr nach drei Monaten wurde das Heu so erschrecklich teuer, dass der Pächter einen guten Schnitt zu machen dachte, wenn er jetzt seinen Vorrat losschlüge. Der Haufen, auf dem ich lag, war der größte auf dem Hofe und hielt wenigstens fünfhundert Fuder. Mit ihm wurde also bei dem Aufladen der Anfang gemacht.

Durch das Lärmen der Leute, die ihre Leitern angelegt hatten und auf den Haufen hinaufsteigen wollten, wachte ich auf, noch halb im Schlafe und ohne im geringsten zu wissen, wo ich war, wollte ich weglaufen und stürzte herunter auf den Eigentümer des Heus. Ich selbst litt durch diesen Fall nicht den geringsten Schaden, der Pächter aber einen desto größeren; er blieb tot unter mir liegen, denn ich hatte unschuldigerweise ihm das Genick gebrochen. Zu meiner großen Beruhigung hörte ich nachher, dass der Kerl ein abscheulicher Jude war, der immer mit den Früchten seiner Ländereien so lange zurückhielt, bis erst bittere Teuerung einriss und er mit übermäßigem Profite sie verkaufen konnte, so dass also sein gewaltsamer Tod für ihn gerechte Strafe und für das Publikum wahre Wohltat war.

Wie sehr ich übrigens erstaunte, als ich wieder völlig zu mir selbst kam und nach langem Besinnen meine gegenwärtigen Gedanken an die anknüpfte, mit denen ich vor drei Monaten eingeschlafen war, und wie groß die Verwunderung meiner Freunde in London war, als ich nach vielen vergeblichen Nachforschungen auf einmal wieder erschien – das können Sie, meine Herren, sich leicht vorstellen

Nun lassen Sie uns erst ein Gläschen trinken, und dann erzähle ich Ihnen noch ein paar meiner Seeabenteuer.

VIERZEHNTES KAPITEL
Achtes Seeabenteuer

OHNE ZWEIFEL haben Sie von der letzten nördlichen Entdeckungsreise des Kapitän Phipps – gegenwärtigen Lord Mulgrave gehört. Ich begleitete den Kapitän; – nicht als Offizier, sondern als Freund. – Da wir unter einen ziemlich hohen Grad nördlicher Breite gekommen waren, nahm ich mein Teleskop, mit dem ich Sie bei der Geschichte meiner Reise nach Gibraltar schon bekannt gemacht habe, und betrachtete die Gegenstände, die ich nun um mich hatte. – Denn, im Vorbeigehen gesagt, ich halte es immer für gut, sich von Zeit zu Zeit einmal umzusehen, vorzüglich auf Reisen.

– Ungefähr eine halbe Meile von uns schwamm ein Eisgebirge, das weit höher als unsere Maste war, und auf demselben sah ich zwei weiße Bären, die meiner Meinung nach in einem hitzigen Zweikampfe begriffen waren. Ich hing sogleich mein Gewehr um und machte mich zu dem Eise hin, fand aber, als ich erst auf den Gipfel desselben gekommen war, einen unaussprechlich mühsamen und gefahrvollen Weg. Oft musste ich über schreckliche Abgründe springen; und an andern Stellen war die Oberfläche so glatt wie ein Spiegel, so dass meine Bewegung ein ständigem Fallen und Aufstehen war.

Doch endlich kam ich so weit, dass ich die Bären erreichen konnte, und zugleich sah ich auch, dass sie nicht miteinander kämpften, sondern nur spielten. Ich überrechnete schon den Wert ihrer Felle – denn jeder war wenigstens so groß als ein gut gemästeter Ochse –; allein indem ich eben mein Gewehr anlegen wollte, glitschte ich mit dem rechten Fuße aus, fiel rückwärts nieder und verlor durch die Heftigkeit des Schlages, den ich tat, auf eine kleine halbe Stunde alles Bewusstsein. Stellen Sie sich mein Erstaunen vor, als ich erwachte und fand, dass eines von den oben genannten Ungeheuern mich herum auf mein Gesicht gedreht hatte und gerade den Bund meiner neuen ledernen Hose packte. Der obere Teil meines Leibes steckte unter seinem Bauche, und meine Beine standen voraus. Gott weiß, wohin mich die

Bestie geschleppt hätte; aber ich kriegte mein Taschenmesser heraus – dasselbe, was Sie hier sehen –, hackte in seinen linken Hinterfuß und schnitt ihm drei von seinen Zehen ab. Nun ließ er mich sogleich fallen und brüllte fürchterlich.

Ich nahm mein Gewehr auf, feuerte auf ihn, sowie er weglief, und plötzlich fiel er nieder. Mein Schuss hatte nun zwar eines von diesen blutdürstigen Tieren auf ewig eingeschläfert, aber mehrere Tausende, die in dem Umkreis von einer halben Meile auf dem Eise lagen und schliefen, aufgeweckt. Alle miteinander kamen spornstreichs angelaufen. Zeit war nicht zu verlieren. Ich aber war verloren, oder ein schneller Einfall musste mich retten. – Er kam. – Etwa in der Hälfte der Zeit, die ein geübter Jäger braucht, um einem Hasen den Balg abzustreifen, zog ich dem toten Bären seinen Rock aus, wickelte mich darein und steckte meinen Kopf gerade unter den seinigen. Kaum war ich fertig, so versammelte sich die ganze Herde um mich herum.

Mir wurde heiß und kalt unter meinem Pelze. Indes meine List gelang mir vortrefflich. Sie kamen, einer nach dem andern, berochen mich und hielten mich augenscheinlich für einen Bruder Petz. Es fehlte mir auch nichts als die Größe, um ihnen vollkommen gleich zu sehen, und verschiedene Junge unter ihnen waren nicht viel größer als ich. Als sie alle mich und den Leichnam ihres verschiedenen Gefährten berochen hatten, schienen wir sehr gesellig zu werden; auch konnte ich alle ihre Handlungen so ziemlich nachmachen; nur in Brummen, Brüllen und Balgen waren sie meine Meister. Sosehr ich aber wie ein Bär aussah, so war ich doch noch Mensch: – ich fing an zu überlegen, wie ich die Vertraulichkeit, die zwischen mir und diesen Tieren sich erzeugt hatte, wohl auf das vorteilhafteste nützen könnte.

Ich hatte ehedem von einem alten Feldscher gehört, dass eine Wunde im Rückgrat augenblicklich tödlich sei. Hierüber beschloss ich nun einen Versuch anzustellen. Ich nahm mein Messer wieder zur Hand und stieß es dem größten Bären nahe bei den Schultern in den Nacken. Allerdings war dies ein sehr gewagter Streich, und es war mir auch nicht wenig bange. Denn das war ausgemacht: überlebte die Bestie den Stoß, so war ich in Stücken zerrissen. Allein mein Versuch gelang glücklich; der Bär fiel tot zu meinen Füßen nieder, ohne einmal zu mucksen. Nun nahm ich mir vor, allen übrigen auf ebendie Art den Rest zu geben, und dies wurde mir auch gar nicht schwer; denn ob sie gleich ihre Brüder zur Rechten und zur Linken fallen sahen, so hatten sie doch kein Arg daraus. Sie dachten weder an die Ursache noch an die Wirkung des Niedersinkens; und das war ein Glück für sie und für mich. – Als ich sie alle tot vor mir liegen sah, kam ich mir vor wie Simson, als er die Tausende geschlagen hatte.

Die Sache kurz zu machen, ich ging nach dem Schiffe zurück und bat mir drei Teile des Volkes aus, die mir helfen mussten, die Felle abzustreifen und die Schinken an Bord zu tragen. Wir waren in wenigen Stunden damit fertig und beluden das ganze Schiff damit. Was übrig blieb, wurde in das Wasser geworfen, ungeachtet ich nicht zweifele, dass es, gehörig eingesalzen, ebenso gut schmecken würde als die Keulen.

Sobald wir zurückkamen, schickte ich einige Schinken im Namen des Kapitäns an die Lords von der Admiralität, andere an die Lords von der Schatzkammer, etliche an den Lordmayor und den Stadtrat von London, einige wenige an die Handlungsgesellschaften und die übrigen an meine besondern Freunde. Von allen Orten bezeugte man mir den wärmsten Dank; die City aber erwiderte mein Geschenk auf eine sehr nachdrückliche Art, nämlich durch eine Einladung, jährlich an dem Wahltage des Lordmayor auf dem Rathause zu speisen.

Die Bärenfelle schickte ich an die Kaiserin von Russland als Winterpelze für Ihre Majestät und ihren Hof. Sie dankte mir dafür in einem eigenhändigen Briefe, den sie mir durch einen außerordentlichen Gesandten übersandte und worin sie mir anbot, mit ihr die Ehre ihres Bettes und ihrer Krone zu teilen. Allein da mich's eben nie sehr nach königlicher Würde gelüstet hat, so lehnte ich Ihrer Majestät Gnade in den feinsten Ausdrücken ab. Ebenderselbe Ambassadeur, der mir das kaiserliche Schreiben brachte, hatte auch den Auftrag, zu warten und Ihrer Majestät meine Antwort persönlich zurückzubringen. Ein zweiter Brief, den ich bald nachher von der Kaiserin erhielt, überzeugte mich von der Stärke ihrer Leidenschaft und der Erhabenheit ihres Geistes. –

Ihre letzte Krankheit kam, wie sie – die zärtliche Seele! – sich in einer Unterredung mit dem Fürsten Dolgorucki zu erklären geruhte – allein von meiner Grausamkeit her. Ich weiß nicht, was die Damen an mir finden; aber die Kaiserin ist nicht die einzige ihres Geschlechtes, die mir vom Throne ihre Hand anbot.

Einige Leute haben die Verleumdung ausgestreut, Kapitän Phipps sei auf seiner Reise nicht so weit gegangen, als er wohl hätte tun können. Allein hier ist es meine Schuldigkeit, ihn zu verteidigen. Unser Schiff war auf einem recht guten Wege, bis ich es mit einer solchen ungeheuren Menge von Bärenfellen und Schinken belud, dass es Tollheit gewesen sein würde, einen Versuch zu machen weiter zu gehen, da wir nun kaum imstande waren, nur gegen einen etwas frischen Wind zu segeln, geschweige gegen jene Gebirge von Eis, die in den höheren Breiten liegen.

Der Kapitän hat seitdem oft erklärt, wie unzufrieden er sei, dass er keinen Anteil an dem Ruhme dieses Tages habe, den er sehr emphatisch den Bärenfelltag nennt. Dabei beneidet er mich nicht wenig wegen der Ehre dieses Sieges und sucht auf alle Art und Weise dieselbe zu schmälern. Wir haben uns schon öfter hierüber gezankt und sind auch jetzt noch über den Fuß gespannt. Unter andern behauptet er geradezu, ich dürfe mir das nicht zum Verdienst anrechnen, dass ich die Bären betrogen habe, da ich mit einem ihrer Felle bedeckt gewesen sei; er hätte ohne Maske unter sie gehen wollen, und sie hätten ihn doch für einen Bären halten sollen.

Dies ist nun freilich ein Punkt, den ich für allzu zart und spitz halte, als dass ein Mann, der auf gefällige Sitten Anspruch macht, mit irgendjemand, am allerwenigsten mit einem edlen Pair darüber streiten darf.

FÜNFZEHNTES KAPITEL
Neuntes Seeabenteuer

EINE ANDERE SEEREISE machte ich von England aus mit dem Kapitän Hamilton. Wir gingen nach Ostindien. Ich hatte einen Hühnerhund bei mir, der, wie ich im eigentlichsten Sinne behaupten konnte, nicht mit Gold aufzuwiegen war; denn er betrog mich nie. Eines Tages, da wir, nach den besten Beobachtungen, die wir machen konnten, wenigstens noch dreihundert Meilen vom Lande entfernt waren, markierte mein Hund. Ich sah ihn fast eine volle Stunde mit Erstaunen an und sagte den Umstand dem Kapitän und jedem Offizier am Bord und behauptete, wir müssten dem Lande nahe sein, denn mein Hund witterte Wild. Dies verursachte ein allgemeines Gelächter, durch das ich mich aber in der guten Meinung von meinem Hunde gar nicht irremachen ließ.

Nach vielem Streiten für und wider die Sache erklärte ich endlich dem Kapitän mit der größten Festigkeit, dass ich zu der Nase meines Tray mehr Zutrauen habe als zu den Augen aller Seeleute am Bord, und schlug ihm daher kühn eine Wette von hundert Guineen vor – der Summe, die ich für diese Reise akkordiert hatte –, wir würden in der ersten halben Stunde Wild finden.

Der Kapitän – ein herzensguter Mann – fing wieder an zu lachen und ersuchte Herrn Crawford, unsern Schiffschirurgus, mir den Puls zu fühlen. Er tat es und berichtete, ich wäre vollkommen gesund. Darauf entstand ein Geflüster zwischen beiden, wovon ich indes das meiste deutlich genug verstand.

»Er ist nicht recht bei Sinnen,« sagte der Kapitän; »ich kann mit Ehre die Wette nicht annehmen.«

»Ich bin ganz der entgegengesetzten Meinung«, erwiderte der Chirurgus. »Es fehlt ihm nicht das mindeste. Nur er verlässt sich mehr auf den Geruch seines Hundes als auf den Verstand jedes Offiziers am Bord. – Verlieren wird er auf alle Fälle; aber er verdient es auch.«

»So eine Wette«, fuhr der Kapitän fort, »kann von meiner Seite niemals so ganz redlich sein. Indes, es wird desto rühmlicher für mich sein, wenn ich ihm nachher das Geld wieder zurückgebe.«

Während dieser Unterredung blieb Tray immer in derselben Stellung und bestätigte mich noch mehr in meiner Meinung. Ich schlug die Wette zum zweiten Male vor; und sie wurde angenommen.

Kaum war topp und topp auf beiden Seiten gesagt, als einige Matrosen, die in dem langen Boote, das an das Hinterteil des Schiffes befestigt war, fischten, einen außerordentlich großen Hai erlegten, den sie auch sogleich an Bord brachten. Sie fingen an, den Fisch aufzuschneiden, und – siehe! – da fanden wir nicht weniger als sechs Paar lebendige Rebhühner in dem Magen des Tieres.

Diese armen Geschöpfe waren schon so lange in dieser Lage gewesen, dass eine von den Hennen auf fünf Eiern saß, wovon eines gerade ausgebrütet war, als der Hai geöffnet wurde.

Diesen jungen Vogel zogen wir mit einem Wurfe kleiner Katzen auf, die wenige Minuten vorher zur Welt gekommen waren. Die alte Katze hatte ihn so lieb als eines ihrer vierbeinigen Kinder und tat immer erstaunend übel, wenn das Huhn etwas zu weit wegflog und nicht gleich wieder zurückkommen wollte. – Unter den übrigen Rebhühnern hatten wir vier Hennen, von denen immer eine oder mehrere saßen, so dass wir während unserer ganzen Reise beständig einen Überfluss von Wildbret auf des Kapitäns Tafel hatten. – Dem armen Tray ließ ich, zum Danke für die hundert Guineen, die ich durch ihn gewonnen hatte, täglich die Knochen geben und bisweilen auch einen ganzen Vogel.

SECHZEHNTES KAPITEL
Zehntes Seeabenteuer. Eine zweite Reise nach dem Monde

ICH HABE IHNEN, meine Herren, schon ehemals von einer kleinen Reise erzählt, die ich nach dem Monde machte, um meine silberne Axt wiederzuholen. Ich kam nachher noch einmal auf eine viel angenehmere Art dahin und blieb lange genug daselbst, um von verschiedenen Dingen mich gehörig zu unterrichten, die ich Ihnen nun so genau, als mein Gedächtnis mir erlaubt, beschreiben will.

Ein weitläufiger Verwandter von mir hatte sich die Grille in den Kopf gesetzt, es müsste notwendig ein Volk geben, das dem an Größe gleichkäme, welches Gulliver in dem Königreiche Brobdignag gefunden haben will. Dies aufzusuchen, ging er auf eine Entdeckungsreise aus und bat mich, ihn zu begleiten. Ich meines Orts hatte nun zwar jene Erzählung nie für etwas mehr gehalten als für ein gutes Märchen und glaubte so wenig an ein Brobdignag als an ein Eldorado; indes der Mann hatte mich zum Erben eingesetzt, und ich war ihm also wieder Gefälligkeiten schuldig. Wir kamen auch glücklich nach der Südsee, ohne dass uns irgend etwas aufstieß, das verdiente angeführt zu werden; außer einige fliegende Männer und Weiber, die in der Luft Menuett tanzten oder Springerkünste machten, und dergleichen Kleinigkeiten.

Den achtzehnten Tag, nachdem wir bei der Insel Otahiti vorbeigekommen waren, führte ein Orkan unser Schiff wenigstens tausend Meilen von der Oberfläche des Wassers weg und hielt es geraume Zeit in dieser Höhe. Endlich füllte ein frischer Wind unsere Segel, und nun ging's mit unglaublicher Geschwindigkeit fort. Sechs Wochen waren wir über den Wolken gereist, als wir ein großes Land entdeckten, rund und glänzend, gleichsam eine schimmernde Insel. Wir liefen in einen bequemen Hafen ein, gingen an das Ufer und fanden das Land bewohnt. Unter uns sahen wir eine andere Erde mit Städten, Bäumen, Bergen, Flüssen, Seen usw., das, wie wir vermuteten, die Welt war, die wir verlassen hatten. – Im Monde – denn das war die schimmernde Insel, an der wir gelandet hatten – sahen wir große Gestalten, die auf Geiern ritten, von denen jeder drei Köpfe hatte. Um Ihnen einen Begriff von der Größe dieser Vögel zu geben, muss ich Ihnen sagen, dass die Entfernung von einem Ende ihres Flügels bis zum andern sechsmal so lang war als das längste Segeltau an unserm Schiffe. – Anstatt wir nun in dieser Welt auf Pferden reiten, fliegen die Einwohner des Mondes auf diesen Vögeln umher.

Der König hatte gerade einen Krieg mit der Sonne. Er bot mir eine Offiziersstelle an; allein ich verbat mir die Ehre, die Seine Majestät mir zudachte.

Alles ist in dieser Welt außerordentlich groß; eine gewöhnliche Fliege z. B. ist nicht viel kleiner als eines unserer Schafe. Die vorzüglichsten Waffen, deren sich die Einwohner des Mondes im Kriege bedienen, sind Rettiche, die wie Wurfspieße gebraucht werden, und den, der damit verwundet wird, augenblicklich töten. Ihre Schilde sind aus Pilzen gemacht, und wenn die Zeit der Rettiche vorbei ist; so vertreten Spargelstangen ihre Stelle.

Ich sah auch hier einige von den Eingebornen des Hundssterns, die der Handlungsgeist zu dergleichen Streifereien verleitet. Diese haben ein Gesicht wie große Bullenbeißer. Ihre Augen stehen zu beiden Seiten der Spitze oder vielmehr des untern Endes ihrer Nase. Sie haben keine Augenlider, sondern bedecken ihre Augen, wenn sie schlafen gehen, mit ihrer Zunge. Gewöhnlich sind sie zwanzig Fuß hoch; von den Einwohnern des Mondes aber ist keiner unter sechsunddreißig Fuß. Der Name, den die letztern führen, ist etwas sonderbar. Sie heißen nicht Menschen, sondern kochende Geschöpfe, weil sie ebenso wie wir ihre Speisen beim Feuer zurechtmachen. Übrigens nimmt ihnen das Essen sehr wenig Zeit weg; denn sie öffnen nur die linke Seite und schieben die ganze Portion auf einmal in den Magen hinein; darin schließen sie wieder zu, bis nach Verfluss eines Monats derselbe Tag wiederkommt. Sie haben mithin das ganze Jahr hindurch nicht mehr als zwölf Mahlzeiten – eine Einrichtung, die jeder, der kein Fresser oder Schlemmer ist, der unsern weit vorziehen muss.

Die Freuden der Liebe sind im Monde gänzlich unbekannt; denn sowohl unter den kochenden Geschöpfen als allen übrigen Tieren gibt es nur ein einziges Geschlecht. Alles wächst auf Bäumen, die aber nach ihren verschiedenen Früchten auch an der Größe und den Blättern sich sehr voneinander unterscheiden. Diejenigen, auf denen die kochenden Geschöpfe oder die Menschen wachsen, sind viel schöner als die andern, haben große, gerade Äste und fleischfarbene Blätter, und ihre Frucht besteht in Nüssen, die sehr harte Schalen haben und wenigstens sechs Fuß lang sind. Wenn diese reif sind, welches man an der Veränderung ihrer Farbe sehen kann, so werden sie mit großer Sorgfalt gepflückt und so lange, als man es für gut findet, aufgehoben. Will man nun den Samen dieser Nüsse lebendig haben, so wirft man sie in einen großen Kessel kochenden Wassers, und in wenigen Stunden öffnen sich die Schalen, und das Geschöpf springt heraus.

Ihr Geist ist immer schon, ehe sie in die Welt kommen, von der Natur zu einer besondern Bestimmung gebildet. Aus einer Schale kommt ein Soldat, aus einer andern ein Philosoph, aus einer dritten ein Gottesgelehrter, aus einer vierten ein Jurist, aus einer fünften ein Pächter, aus einer sechsten ein Bauer usf.; und jeder fängt sogleich an, sich in der Ausübung dessen, was er vorher bloß theoretisch wusste, vollkommen zu machen. – Der Schale mit Gewissheit anzusehen, was in ihr steckt, ist sehr schwer; doch machte ein lunarischer Theologe zu meiner Zeit mächtigen Lärmen, er sei im Besitze dieses Geheimnisses. Man achtete aber wenig auf ihn und hielt ihn durchgängig für krank.

Wenn die Leute im Monde alt werden, so sterben sie nicht, sondern lösen sich in Luft auf und verfliegen wie Rauch.

Trinken haben sie nicht nötig, denn es finden gar keine Ausleerungen bei ihnen statt, ausgenommen durch das Aushauchen. Sie haben nur einen Finger an jeder Hand, mit dem sie alles tun können, so gut oder noch besser als wir, die wir außer dem Daumen viere haben.

Ihren Kopf haben sie unter dem rechten Arm, und wenn sie auf eine Reise oder an eine Arbeit gehen, bei der sie sich heftig bewegen müssen, so lassen sie ihn gemeiniglich zu Hause; denn um Rat fragen können sie ihn, sie mögen von ihm entfernt sein, so weit sie wollen. Auch pflegen die Vornehmen unter den Mondbewohnern, wenn sie gerne wissen möchten, was unter dem gemeinen Volke vorgeht, nicht unter dasselbe sich zu begeben. Sie bleiben zu Hause, d.h. der Körper bleibt zu Hause und schickt nur den Kopf aus, der inkognito gegenwärtig sein kann und dann nach Gefallen seines Herrn mit der eingezogenen Kundschaft zurückkehrt.

Die Traubenkerne im Monde sind vollkommen unserm Hagel ähnlich, und ich bin fest überzeugt, dass, wenn ein Sturm im Monde die Trauben von ihren Stielen abschlägt, die Kerne darin auf unsere Erde herunterfallen und den Hagel bilden. Ich glaube auch, dass diese meine Bemerkung manchen Weinverkäufern schon lange bekannt sein muss; wenigstens habe ich öfter Wein bekommen, der aus Hagelkörnern gemacht zu sein schien und vollkommen so schmeckte wie der Mondwein.

Einen merkwürdigen Umstand hätte ich bald vergessen. – Der Bauch tut den Leuten im Monde ganz die Dienste, die uns ein Ranzen tut; sie stecken in ihn hinein, was sie nötig haben, und schließen ihn ebenso wie ihren Magen nach Belieben auf und zu; denn mit Gedärmen, Leber, Herz und andern Eingeweiden sind sie nicht beschwert, ebenso wenig als mit Kleidern; sie haben aber auch kein Glied an ihrem ganzen Körper, das ihnen die, Schamhaftigkeit zu bedecken geböte.

Ihre Augen können sie nach Gefallen herausnehmen und einsetzen und ebenso gut damit sehen, wenn sie in ihrem Kopfe als wenn sie in ihrer Hand sind. Verlieren oder beschädigen sie zufälligerweise eines, so können sie ein anderes borgen oder kaufen und dasselbe so gut gebrauchen als ihr eigenes. Man trifft daher allenthalben im Monde Leute an, die mit Augen handeln; und in dieser einzigen Sache haben alle Einwohner durchaus ihre Grillen; bald sind grüne, bald gelbe Augen Mode.

Ich gestehe, diese Dinge klingen seltsam; aber ich stelle es jedem, der den geringsten Zweifel hat, frei, selbst nach dem Monde zu gehen und sich zu überzeugen, dass ich der Wahrheit so getreu geblieben bin als vielleicht nur wenige andere Reisende.

SIEBZEHNTES KAPITEL
Reise durch die Welt nebst andern merkwürdigen Abenteuern

WENN ICH IHREN AUGEN TRAUEN DARF, meine Herren, so möchte ich wohl eher müde werden, Ihnen sonderbare Begebenheiten meines Lebens zu erzählen, als Sie, mich anzuhören. Ihre Gefälligkeit ist mir zu schmeichelhaft, als dass ich, wie ich mir vorgenommen hatte, mit meiner Reise nach dem Monde meine Erzählung schließen sollte. Hören Sie also, wenn es Ihnen beliebt, noch eine Geschichte, die an Glaubwürdigkeit der letztern gleichkommt, an Merkwürdigkeit und Wunderbarkeit sie vielleicht noch übertrifft.

Brydones Reisen nach Sizilien, die ich mit ungemeinem Vergnügen durchlesen habe, machten mir Lust, den Berg Ätna zu besuchen. Auf meinem Wege dahin stieß mir nichts Merkwürdiges auf. So meine jedenfalls ich; denn manch anderer hätte wohl manches äußerst merkwürdig gefunden und zum Ersatz der Reisekosten umständlich dem Publikum erzählt, was mir alltägliche Kleinigkeit war, womit ich keines ehrlichen Mannes Geduld ermüden mag.

Eines Morgens reiste ich früh aus einer am Fuß des Berges gelegenen Hütte ab, fest entschlossen, auch wenn es auf Kosten meines Lebens geschehen sollte, die innere Einrichtung dieser berühmten Feuerpfanne zu untersuchen und auszuforschen. Nach einem mühseligen Weg von drei Stunden befand ich mich auf der Spitze des Berges. Er tobte damals gerade und hatte schon drei Wochen getobt. Wie er unter den Umständen aussieht, das ist schon so oft geschildert worden dass, wenn Schilderungen es darstellen können, ich auf alle Fälle zu spät komme; und wenn sie, wie ich aus Erfahrung sagen darf, es nicht können, so wird es am besten getan sein, wenn nicht auch ich über dem Versuche einer Unmöglichkeit die Zeit verliere und Sie die gute Laune.

Ich ging dreimal um den Krater herum – den Sie sich als einen ungeheueren Trichter vorstellen können –, und da ich sah, dass ich dadurch wenig oder nichts klüger wurde, so fasste ich kurz und gut den

Entschluss, hineinzuspringen. Kaum hatte ich dies getan, so befand ich mich auch in einem verzweifelt warmen Schwitzkasten, und mein armer Leichnam wurde durch die rotglühenden Kohlen, die beständig heraufschlugen, an mehreren Teilen, edlen und unedlen, jämmerlich gequetscht und verbrannt.

So stark übrigens die Gewalt war, mit der die Kohlen heraufgeschmissen wurden, so war doch die Schwere, mit der mein Körper heruntersank, ein beträchtliches größer, und ich kam in kurzer Zeit glücklicherweise auf den Grund. Das erste, was ich gewahr wurde, war ein abscheuliches Poltern, Lärmen, Schreien und Fluchen, das rings um mich zu sein schien. – Ich schlug die Augen auf, und siehe da! – ich war in der Gesellschaft des Vulkans und seiner Zyklopen. Diese Herren – die ich in meinem weisen Sinne längst ins Reich der Lügen verwiesen hatte – hatten sich seit drei Wochen über Ordnung und Subordination gezankt, und davon war der Unfug in der Oberwelt gekommen. Meine Erscheinung stellte auf einmal unter der ganzen Gesellschaft Friede und Eintracht her. Vulkan hinkte sogleich nach seinem Schranke hin und holte Pflaster und Salben, die er mir mit eigner Hand auflegte; und in wenigen Augenblicken waren meine Wunden geheilt. Auch setzte er mir einige Erfrischungen vor, eine Flasche Nektar und andere kostbare Weine, wie nur Götter und Göttinnen zu kosten kriegen. Sobald ich mich etwas erholt hatte, stellte er mich seiner Gemahlin, der Venus, vor und befahl ihr, mir jede Bequemlichkeit zu verschaffen, die meine Lage forderte. Die Schönheit des Zimmers, in das sie mich führte, die Wollust des Sofas, auf das sie mich setzte, der göttliche Zauberreiz ihres ganzen Wesens, die Zärtlichkeit ihres weichen Herzens – alles das ist weit über allen Ausdruck der Sprache erhaben, und schon der Gedanke daran macht mich schwindeln.

Vulkan gab mir eine sehr genaue Beschreibung von dem Berg Ätna. Er sagte mir, dass derselbe nichts als eine Aufhäufung der Asche wäre, die aus seiner Esse ausgeworfen würde, dass er häufig genötigt wäre, seine Leute zu strafen, dass er ihnen dann im Zorn rotglühende Kohlen auf den Leib würfe, die sie oft mit großer Geschicklichkeit parierten und in die Welt hinaufschmissen, um sie ihm aus den Händen zu bringen. »Unsere Uneinigkeiten«, fuhr er fort, »dauern bisweilen mehrere Monate, und die Erscheinungen, die sie auf der Welt veranlassen, sind das, was ihr Sterbliche, wie ich finde, Ausbrüche nennet. Der Berg Vesuv ist gleichfalls eine meiner Werkstätten, zu der mich ein Weg führt, der wenigstens dreihundertundfünfzig Meilen unter der See hinläuft. Ähnliche Uneinigkeiten bringen auch dort ähnliche Ausbrüche hervor.«

Gefiel mir der Unterricht des Gottes, so gefiel mir noch mehr die Gesellschaft seiner Gemahlin, und ich würde vielleicht nie diese unterirdischen Paläste verlassen haben, wenn nicht einige geschäftige schadenfrohe Schwätzer Vulkan einen Floh ins Ohr gesetzt und ein heftiges Feuer der Eifersucht in seinem gutmütigen Herzen angeblasen hätten. – Ohne mir vorher nur den geringsten Wink zu geben, nahm er mich eines Morgens, als ich eben der Göttin bei ihrer Toilette aufwarten wollte, trug mich in ein Zimmer, das ich niemals noch gesehen hatte, hielt mich über einen tiefen Brunnen, wie es mir vorkam, und: »Undankbarer Sterblicher«, sagte er, »kehre zurück zu der Welt, von der du kamst.« Mit diesen Worten ließ er mich, ohne mir einen Augenblick Zeit zur Verteidigung zu geben, mitten in den Abgrund hinunterfallen. Ich fiel und fiel mit immer zunehmender Geschwindigkeit, bis die Angst meiner Seele mir endlich alle Besinnung nahm.

Plötzlich aber wurde ich aus meiner Ohnmacht aufgeweckt, indem ich auf einmal in eine ungeheure See von Wasser kam, die durch die Strahlen der Sonne erleuchtet wurde. Ich konnte von meiner Jugend auf gut schwimmen und alle mögliche Wasserkünste machen. Daher war ich gleich wie zu Hause, und in Vergleichung mit der fürchterlichen Lage, aus der ich eben befreit war, kam mir meine gegenwärtige wie ein Paradies vor. – Ich sah mich auf allen Seiten um, sah aber leider auf allen Seiten nichts als Wasser; auch unterschied sich das Klima, unter dem ich mich nun befand, sehr unbehaglich von Meister Vulkans Esse.

Endlich entdeckte ich in einiger Entfernung etwas, das wie ein erstaunlich großer Felsen aussah und auf mich zuzukommen schien. Bald zeigte sich's, dass es eines der schwimmenden Eisgebirge war. Nach langem Suchen fand ich endlich eine Stelle, an der ich auf dasselbe hinauf und bis zur obersten Spitze kommen konnte. Allein zu meiner größten Verzweiflung war es mir auch von hier aus noch unmöglich, Land zu entdecken. Endlich, kurz vor Dunkelwerden, sah ich ein Schiff, das gegen mich zufuhr. Sobald ich nahe genug war, rief ich; man antwortete mir holländisch; ich sprang in die See, schwamm zu dem Schiffe hin und wurde an Bord gezogen. Ich erkundigte mich, wo wir wären, und erhielt die Antwort: im Südmeere. Diese Entdeckung löste auf einmal das ganze Rätsel. Es war nun ausgemacht, dass ich von dem Berge Ätna durch den Mittelpunkt der Erde in die Südsee gefallen war; ein Weg, der auf alle Fälle kürzer ist als der um die Welt. Noch hatte ihn niemand versucht als ich, und mache ich ihn wieder, so werde ich gewiss sorgfältigere Beobachtungen anstellen.

Ich ließ mir einige Erfrischungen geben und ging zu Bette. Ein grobes Volk aber ist es um die Holländer. Ich erzählte meine Abenteuer den Offizieren ebenso aufrichtig und simpel als Ihnen, meine Herren, und einige davon, vorzüglich der Kapitän, machten Miene, als zweifelten sie an meiner Wahrhaftigkeit. Indes, sie hatten mich freundschaftlich in ihr Schiff genommen, ich musste durchaus von ihrer Gnade leben und folglich, wollte ich wohl oder übel, den Schimpf in die Tasche stecken.

Ich erkundigte mich nun, wohin ihre Reise ginge. Sie antworteten mir, sie wären auf neue Entdeckungen ausgefahren, und wenn meine Erzählung wahr wäre, so sei ihre Absicht auf alle Fälle erreicht. Wir waren nun gerade auf dem Wege, den Kapitän Cook gemacht hatte, und kamen den andern Morgen nach der Botany-Bay – ein Ort, nach dem die englische Regierung wahrhaftig nicht Spitzbuben schicken sollte, um sie zu strafen, sondern verdiente Männer, um sie zu belohnen, so reichlich hat hier die Natur ihre besten Geschenke ausgeschüttet.

Wir blieben hier nur drei Tage; den vierten nach unserer Abreise entstand ein fürchterlicher Sturm, der in wenig Stunden alle unsere Segel zerriss, unser Bugspriet zersplitterte und die große Bramstange umlegte, die gerade auf das Behältnis fiel, in dem unser Kompass verschlossen war, und das Kästchen und den Kompass in Stücken schlug. Jedermann, der zur See gewesen ist, weiß, von welchen traurigen Folgen ein solcher Verlust ist. Wir wussten nun weder aus noch ein. Endlich legte sich der Sturm, und es folgte ein anhaltender munterer Wind. Drei Monate waren wir gefahren, und notwendig mussten wir eine ungeheuere Strecke Weg zurückgelegt haben, als wir auf einmal an allem, was um uns war, eine erstaunliche Veränderung bemerkten. Wir wurden so leicht und froh; unsere Nasen wurden mit den angenehmsten Balsamdüften erfüllt; auch die See hatte ihre Farbe verändert und war nicht mehr grün, sondern weiß.

Bald nach dieser wundervollen Veränderung sahen wir Land und nicht weit von uns einen Hafen, auf den wir zu segelten und den wir sehr geräumig und tief fanden. Statt des Wassers war er mit vortrefflich schmeckender Milch angefüllt. Wir landeten, und – die ganze Insel bestand aus einem großen Käse. Wir hätten dies vielleicht gar nicht entdeckt, wenn uns nicht ein sonderbarer Umstand auf die Spur geholfen hätte. Es war nämlich auf unserm Schiffe ein Matrose, der eine natürliche Antipathie gegen den Käse hatte. Sobald dieser ans Land trat, fiel er in Ohnmacht.

Als er wieder zu sich selbst kam, bat er, man möchte doch den Käse unter seinen Füßen wegnehmen, und da man zusah, fand sich's, dass er vollkommen recht hatte, die ganze Insel war, wie gesagt, nichts als ein ungeheuerer Käse. Von dem lebten auch die Einwohner größtenteils, und so viel bei Tage verzehrt wurde, wuchs immer des Nachts wieder zu. Wir sahen eine Menge Weinstöcke mit schönen großen Trauben, die, wenn sie gepresst wurden, nichts als Milch gaben. Die Einwohner waren aufrecht gehende, hübsche Geschöpfe, meistens neun Fuß hoch, hatten drei Beine und einen Arm, und wenn sie erwachsen waren, auf der Stirn ein Horn, das sie mit vieler Geschicklichkeit brauchten. Sie hielten auf der Oberfläche der Milch Wettläufe und spazierten, ohne zu sinken, mit so vielem Anstand darauf herum als wir auf einer Wiese. Auch wuchs auf dieser Insel oder diesem Käse eine Menge Korn, mit Ähren, die wie Erdschwämme aussahen, in denen Brote lagen, die vollkommen gar waren und sogleich gegessen werden konnten. Auf unsern Streifereien über diesen Käse entdeckten wir sieben Flüsse von Milch und zwei von Wein.

Nach einer sechzehntägigen Reise kamen wir an das Ufer, das dem, an welchem wir gelandet hatten, gegenüberlag. Hier fanden wir eine ganze Strecke des angegangenen blauen Käses, aus dem die wahren Käseesser so viel Wesens zu machen pflegen. Anstatt dass aber Milben darin gewesen wären, wuchsen die vortrefflichsten Obstbäume darauf, als Pfirsiche, Aprikosen und tausend andere Arten, die wir gar nicht kannten. Auf diesen Bäumen, die erstaunlich groß sind, waren eine Menge Vogelnester. Unter andern fiel uns ein Eisvogelnest in die Augen, das im Umkreise fünfmal so groß war als das Dach der St. Paulskirche in London. Es war künstlich aus ungeheueren Bäumen zusammengeflochten, und es lagen wenigstens – warten Sie – denn ich mag gern alles genau bestimmen – wenigstens fünfhundert Eier darin, und jedes war ungefähr so groß als ein Oxhoft. Die Jungen darin konnten wir nicht nur sehen, sondern auch pfeifen hören. Als wir mit vieler Mühe ein solches Ei aufgemacht hatten, kam ein junges unbefiedertes Vögelchen heraus, das ein gut Teil größer war als zwanzig ausgewachsene Geier. Wir hatten kaum das junge Tier in Freiheit gesetzt, so ließ sich der alte Eisvogel herunter, packte in eine seiner Klauen unsern Kapitän, flog eine Meile weit mit ihm in die Höhe, schlug ihn heftig mit den Flügeln und ließ ihn dann in die See fallen.

Die Holländer schwimmen alle wie die Ratten; er war bald wieder bei uns, und wir kehrten nach unserm Schiffe zurück. Wir nahmen aber nicht den alten Weg und fanden daher auch noch viele ganz neue und sonderbare Dinge. Unter andern schossen wir zwei wilde Ochsen, die nur ein Horn haben, das ihnen zwischen den beiden Augen herauswächst. Es tat uns nachher leid, dass wir sie erlegt hatten, da wir erfuhren, dass die Einwohner sie zahm machen und, wie wir die Pferde, zum Reiten und Fahren gebrauchen. Ihr Fleisch soll, wie man uns sagte, vortrefflich schmecken, ist aber einem Volke, das bloß von Milch und Käse lebt, gänzlich überflüssig.

Als wir noch zwei Tagereisen von unserm Schiffe entfernt waren, sahen wir drei Leute, die an hohe Bäume bei den Beinen aufgehängt waren. Ich erkundigte mich, was sie begangen hätten, um eine so harte Strafe zu verdienen, und hörte, sie wären in der Fremde gewesen und hätten bei ihrer Zurückkunft nach Hause ihre Freunde belogen und ihnen Plätze beschrieben, die sie nie gesehen, und Dinge erzählt, die sich nie zugetragen hätten. Ich fand die Strafe sehr gerecht; denn nichts ist mehr eines Reisenden Schuldigkeit, als strenge der Wahrheit anzuhängen.

Sobald wir bei unserm Schiffe angelangt waren, lichteten wir die Anker und segelten von diesem außerordentlichen Lande ab. Alle Bäume am Ufer, unter denen einige sehr große und hohe waren, neigten sich zweimal vor uns, genau in einem Tempo, und nahmen dann wieder ihre vorige gerade Stellung an.

Als wir drei Tage umhergesegelt waren, der Himmel weiß wo – denn wir hatten noch immer keinen Kompass –, kamen wir in eine See, welche ganz schwarz aussah. Wir kosteten das vermeinte schwarze Wasser, und siehe, es war der vortrefflichste Wein. Nun hatten wir genug zu hüten, dass nicht alle Matrosen sich darin berauschten. – Allein die Freude dauerte nicht lange. Wenige Stunden nachher fanden wir uns von Walfischen und andern unermesslich großen Tieren umgeben, unter denen eines war, dessen Größe wir selbst mit allen Fernröhren, die wir zu Hülfe nahmen, nicht übersehen konnten. Leider wurden wir das Ungeheuer nicht eher gewahr, als bis wir ihm ziemlich nahe waren; und auf einmal zog es unser Schiff mit stehenden Masten und vollen Segeln in seinen Rachen zwischen die Zähne, gegen die der Mast des größten Kriegsschiffes ein kleines Stöckchen ist.

Nachdem wir einige Zeit in seinem Rachen gelegen hatten, öffnete es denselben ziemlich weit, schluckte eine unermessliche Menge Wasser ein und schwemmte unser Schiff, das, wie Sie sich leicht denken können, kein kleiner Bissen war, in den Magen hinunter. Und hier lagen wir nun so ruhig, als wenn wir bei einer toten Windstille vor Anker lägen. Die Luft war, das ist nicht zu leugnen, etwas warm und unbehaglich. – Wir fanden Anker, Taue, Boote, Barken und eine beträchtliche Anzahl Schiffe, teils beladene, teils unbeladene, die dieses Geschöpf verschlungen hatte. Alles, was wir taten, musste bei Fackeln geschehen. Für uns war keine Sonne, kein Mond und keine Planeten mehr. Gewöhnlich befanden wir uns zweimal des Tages auf hohem Wasser und zweimal auf dem Grunde. Wenn das Tier trank, so hatten wir Flut, und wenn es sein Wasser ließ, so waren wir auf dem Grunde. Nach einer mäßigen Berechnung nahm es gemeiniglich mehr Wasser zu sich, als der Genfer See hält, der doch einen Umfang von dreißig Meilen hat.

Am zweiten Tag unserer Gefangenschaft in diesem Reiche der Nacht wagte ich es bei der Ebbe, wie wir die Zeit nannten, wenn das Schiff auf dem Grunde saß, nebst dem Kapitän und einigen Offizieren, eine kleine Streiferei zu tun. Wir hatten uns natürlich alle mit Fackeln versehen und trafen nun gegen zehntausend Menschen aus allen Nationen an. Sie wollten gerade eine Beratschlagung halten, wie sie wohl ihre Freiheit wiedererlangen könnten. Einige von ihnen hatten schon mehrere Jahre in dem Magen des Tieres zugebracht. Eben als der Präsident uns über die Sache unterrichten wollte, wegen der wir versammelt waren, wurde unser verfluchter Fisch durstig und fing an zu trinken; das Wasser strömte mit solcher Heftigkeit herein, dass wir alle uns augenblicklich nach unsern Schiffen retirieren oder riskieren mussten, zu ertrinken. Verschiedene von uns retteten sich nur mit genauer Not durch Schwimmen.

Einige Stunden nachher waren wir glücklicher. Sobald sich das Ungeheuer ausgeleert hatte, versammelten wir uns wieder. Ich wurde zum Präsidenten gewählt und tat den Vorschlag, zwei der größten Mastbäume zusammenzufügen, diese, wenn das Ungeheuer den Rachen öffnete, zwischenzusperren und so das Zuschließen ihm zu verwehren. Dieser Vorschlag wurde allgemein angenommen und hundert starke Männer zu der Ausführung desselben ausgesucht. Kaum hatten wir unsere zwei Mastbäume zurecht gemacht, so bot sich auch eine Gelegenheit an, sie zu gebrauchen. Das Ungeheuer gähnte, und sogleich keilten wir unsere zusammengesetzten Mastbäume dazwischen, so dass das eine Ende durch die Zunge durch gegen den untern Gaumen, das andere gegen den obern stand; wodurch denn wirklich das Zumachen des Rachens ganz unmöglich gemacht war, selbst wenn unsere Maste noch viel schwächer gewesen wären.

Sobald nun alles in dem Magen flott war, bemannten wir einige Boote, die sich und uns in die Welt ruderten. Das Licht des Tages bekam uns nach einer, soviel wir beiläufig rechnen konnten, vierzehntägigen Gefangenschaft unaussprechlich wohl. – Als wir uns sämtlich aus diesem geräumigen Fischmagen beurlaubt hatten, machten wir gerade eine Flotte von fünfunddreißig Schiffen aus von allen Nationen. Unsere Mastbäume ließen wir in dem Rachen des Ungeheuers stecken, um andere vor dem schrecklichen Unglück zu sichern, in diesen fürchterlichen Abgrund von Nacht und Kot eingesperrt zu werden.

Unser erster Wunsch war nun, zu erfahren, in welchem Teile der Welt wir uns befanden, und anfänglich konnten wir darüber gar nicht zur Gewissheit kommen. Endlich fand ich nach vormaligen Beobachtungen, dass wir in der Kaspischen See wären. Da diese See ganz mit Land umgeben ist und keine Verbindung mit andern Gewässern hat, so war es uns ganz unbegreiflich, wie wir dahin gekommen wären. Doch einer von den Einwohnern der Käseinsel, den ich mit mir gebracht hatte, gab uns einen sehr vernünftigen Aufschluss darüber. Nach seiner Meinung hatte uns nämlich das Ungeheuer, in dessen Magen wir so lange eingesperrt waren, durch irgendeinen unterirdischen Weg hierhergebracht. – Genug, wir waren nun einmal da und freuten uns, dass wir da waren, und machten, dass wir so bald als möglich ans Ufer kamen. Ich war der erste, der landete.

Kaum hatte ich meinen Fuß auf das Trockene gesetzt, so kam ein dicker Bär gegen mich angesprungen. Ha! dacht ich, du kommst mir eben recht. Ich packte mit jeder Hand eine seiner Vorderpfoten und drückte ihn erst zum Willkomm so herzlich, dass er gräulich zu heulen anfing; ich aber, ohne mich dadurch rühren zu lassen, hielt ihn so lange in dieser Stellung, bis ich ihn zu Tode gehungert hatte. Dadurch setzte ich mich bei allen Bären in Respekt und keiner wagte sich, mir wieder in die Quere zu kommen.

Ich reiste von hier aus nach Petersburg und bekam dort von einem alten Freunde ein Geschenk, was mir außerordentlich teuer war, nämlich einen Jagdhund, der von der berühmten Hündin abstammte, die, wie ich Ihnen schon einmal erzählte, während sie einen Hasen jagte, Junge warf. Leider wurde er mir bald nachher von einem unge-schickten Jäger erschossen, der statt einer Kette Hühner den Hund traf, der sie stand. Ich ließ mir zum Andenken aus dem Felle des Tieres diese Weste hier machen, die mich immer, wenn ich zur Jagdzeit ins Feld gehe, unwillkürlich dahin bringt, wo Wild zu finden ist. Bin ich nun nahe genug, um schießen zu können, so fliegt ein Knopf von meiner Weste weg und fällt auf die Stelle nieder, wo das Tier ist; und da ich immer meinen Hahnen gespannt und Pulver auf meiner Pfanne habe, so entgeht mir nichts. – Ich habe nun, wie Sie sehen, nur noch drei Knöpfe übrig, sobald aber die Jagd wieder aufgeht, soll meine Weste auch wieder mit zwei neuen Reihen besetzt werden.

Besuchen Sie mich alsdann, und an Unterhaltung soll es Ihnen gewiss nicht fehlen. Übrigens für heute empfehle ich mich und wünsche Ihnen angenehme Ruhe.

— Ende —